# 甘い束縛

Sweet Restriction

妃川 螢

JN227728

LEAF NOVELS

リーフノベルズ

「お前は俺のものだ」
何度も何度も、言い聞かせるように繰り返される呪文。
それは、蘭生の心を侵す、誘惑の言葉だった。

# 甘い束縛

Sweet Restriction

妃川 螢

Illustration

実相寺紫子

リーフノベルズ

この物語はフィクションであり、実在の人物・
団体・事件等とは、いっさい関係ありません。

# CONTENTS

# 甘い束縛

# プロローグ

勝つために在る、強い存在感。
目も眩《くら》むような、激しいオーラ。
囚《とら》われる、恐怖。
縛《しば》られる、歓喜。

それは、甘い、誘惑。

それは、甘い……束縛。

執拗《しつよう》に肌を辿る指先が、疲れ果てた身体に情欲という熱を呼び覚ます。

余すところなく暴かれた肌は薄く色づいて、果てなく男を誘った。

「ん…もう、やめてよ…っ」

抗議の声も弱々しい。

その隙間に吐き出される濡れた吐息が、燻《くすぶ》る熱を知らしめる。

「蘭生《ゆう》…」

抱き締める力強い腕。繰り返し囁《ささや》かれる甘い睦言《むつごと》。

「紘輝《ひろき》…」

口づけに酔いながら、もうどれくらいこうして抱き合っているだろう。

求めても求めても、尽きることのない欲情と、それに比例するように深まる愛情。

ロンドンに留学時代の恩師を訪ねた蘭生の両親が、向こうでクリスマスを迎えたまま帰ってこないのをいいことに、冬休みに入ってからというもの、二人は連日お互いの自宅を行き来しては、愛の行為に耽《ふけ》っていた。

生徒会長を務める蘭生と、空手部部長で全運動部系部長を束ねる、運動部長職に就く紘輝は、このクリスマスにやっと互いの想いを確認し合ったばかり。

紘輝に嫌われていると思い込み、なぜだか切ない想いを抱えていた蘭生に、実は入試のときから蘭生を見初め、口説《くど》く機会を狙っていた紘輝。無理やりの行為からはじまった二人の関係だったが、すったもんだの挙句、学校行事のひとつであるクリスマス感謝祭で、全校生徒まで巻き込んで全校公認の仲にまで持ち込み、そのまま冬休みに突入してしまったのだ。

およそ二年分の想いを、余すところなくぶつけてくる紘輝に、覚えたばかりの悦楽を拒み切れない蘭生。抱き合って口づければ、おのずと欲情が刺激されてしまう。

今日も、当初の目的は冬休みの宿題を片づけることだったのに、気づけば裸でベッドのなか。陽《ひ》はもう傾きはじめている。

「ちょ…紘輝っ。もう無理だって」

まだまだ足りないとばかりに肌を貪る紘輝の唇に煽《あお》られて、蘭生が白旗をあげる。連日繰り返される激しい愛の行為に、いい加減身体も悲鳴を上げはじめていた。

「そんな、何回もしてないだろ」

不満気な声が胸元から聞こえたかと思うと、まだ欲情の名残《なごり》の見える突起を舐められて、蘭生の背が撓《しな》った。

「や…あぁっ」

柔らかな髪がパサリと乱れシーツに舞う。頬にかかる髪を梳《す》いてやりながら、紘輝は空いたほうの掌を、脇腹から細い腰へと滑らせる。確かな意図を持って肌を辿る大きな掌に、蘭生の肌が色づいてゆく。

「足りない。お前が足りないんだ」

抱いても抱いても、足りない。底なし沼に囚われた旅人のように、逃れられない、魅惑。

「ひろ……き……」

食い尽くされてしまうのではないかと恐怖するほどの、深すぎる愛情。怖くて…愛しくて…逃れられない、悦楽。

「愛してる」

情事の最中に繰り返し囁かれる、言葉。

「僕も」と、その一言を返すのが恥ずかしくて、ついつい首を竦《すく》めて視線を外してしまう。そんな藺生の恥ずかしげな表情にも煽られて、紘輝はこの日何度目かの欲情に身を任す。

すでに何度も貪った白い肌は、さくら色に上気してあちらこちらに薔薇色の鬱血《うっけつ》の痕が滲《にじ》む。

その肌に余すところなく口づけ、本人すら知らないような場所にまで、所有の証《あかし》を刻みつけた。

大きな掌がしなやかな身体を撫で上げ、ツンと引っかかる胸の突起を捏《こ》ねる。片方を指先で転がしながら、もう片方に舌を這わす。すると白い喉《のぞ》を仰け反らせて、藺生が切なげに喘いだ。

「ふ…あ…ぁ…っ」

紘輝の腹筋には、すでに蜜を零し濡れはじめた藺生の屹立が擦れて震えている。そこにわざと緩慢な刺激を送りながら、紘輝はぷっくりと尖った突起を貪り続ける。

やがて焦れた繭生が、無意識に細い太股《ふともも》で紘輝の腰を締めつけはじめ、限界が近いことを訴える。スラリとした足を淫《みだ》らに絡め、男を誘う。

誰が教えたわけでもないのに、繭生は無意識の痴態で紘輝を煽る。感じやすい肌に感嘆する一方、紘輝はそんな繭生に溺《おぼ》れる自分を認識する。

この身体を知ってしまったら、もう他の誰でも満足できないに違いない。そして、紘輝は灼熱の昂ぶりを、すでに何度も貫き苛《さいな》んだ、蕩《とろ》けた秘孔へと突き立てた。

「あ…っ…は…ぁ…っ」

待ちかねた熱さに満足げに喘ぐ繭生の、華奢《きゃしゃ》な下肢が紘輝の腰に絡みついてくる。押し寄せる悦楽の波に流されまいと、広い背に縋《すが》る指先が、爪を立てる。

濡れた音を立てて、紘輝の欲望が繭生の秘孔を責め苛む。紘輝によって馴らされた狭い器官は、しとどに濡れ、柔らかく蕩けて、灼熱の肉棒に淫らに絡みついた。

犯される悦びを覚えたばかりの感じやすい肢体の反応に気をよくして、紘輝はぐぃっと最奥まで突き入れ、その拍子に仰け反った繭生の白い喉もとに、噛みついた。

「あ…あ…あぁ――――っ！」

熱い飛沫が迸《ほとばし》る。紘輝の腹筋に擦れて繭生の欲望が弾けるのを感じた瞬間、その締めつけに、紘輝も蘭生の中に愛情のすべてを吐き出していた。


荒い息を整えながら、紘輝の腕の中で蘭生が身じろぐ。

「ね、もう……」

言い難《にく》そうに、紘輝の肩を押し上げ、口を尖らせる。

目元は赤く染まり、長い睫《まつげ》には生理的な涙が滲んだままだ。

蘭生に覆い被さったままだった紘輝は、蘭生の訴えが聞こえているのかいないのか、自分の腕で体重を支えるようにして、蘭生の柔らかな髪に口づけを繰り返している。

「紘輝っ」

「……」

どうやら蘭生の訴えたいことはわかっているうえで、無視しているようだ。

「おいって！」

「何だよ、怖い声出して」

「無視するからだろっ！」

今度は顔中にキスを落としはじめた紘輝に、蘭生は怒りながらも抵抗する。

「余韻に浸《ひた》るくらい、いいだろ？」

蘭生の抵抗など意に介さず、肩を押しのけようとする腕をやすやすとシーツに縫いとめ、ベタベタと構いつづける紘輝に、蘭生が切れた。

「だからっ！　出てけよっ！」

真っ赤になって怒鳴る蘭生をまじまじと見下ろし、しかし、紘輝はニヤリと不敵に笑ってみせる。

「どこから？　ベッドか？　部屋か？」

その切り返しに、蘭生は言葉を失い、涙さえ滲む瞳で、必死に紘輝を睨みつけてくる。

要は…まだ蘭生の中にいる紘輝自身に「出て行け」と言いたかったわけだが、「どこ」から「何」を？　と聞かれて、蘭生にまともに返せるわけがない。

紘輝に教え込まれた快楽に行為の最中は流されていても、本来こういったことには疎《うと》く、紘輝以外を知らない蘭生にとっては、許容範囲をはるかに超えた状況だ。

中にいる紘輝自身は、萎《な》えた状態でも充分に蘭生の狭く敏感な柔襞《やわひだ》を刺激する。駄目だと抵抗しつつも、煽られて際限なく乱れてしまう自分に畏怖すら覚える。

清楚さが際立つ普段の蘭生からは想像もできないほど、人一倍感じやすく敏感で、淫らに悶《もだ》える姿は容赦なく男を刺激する。そんな蘭生に煽られて、ただでさえ元気な紘輝の欲望は、極めても極めても、滾《たぎ》ってくるのだ。

これ以上求められたら…欲しくなったら、本当に起き上がれなくなってしまう。

「泣くなよ。悪かった」

初《うぶ》な蘭生を苛《いじ》めすぎたことを素直に詫びて、紘輝は蘭生から身を離す。

「や……んっ」

その刺激に身震いする細い背をぎゅっと抱き締め、熱い息を吐き出す唇を塞いだ。


このとき、濃密な蜜月を過ごす二人は、すっかり忘れ去っていた。

今日が十二月二十七日で、夕方には蘭生の両親がロンドンから帰国することになっているのだということを。

時計の針は五時三十分をさしている。

あと一時間もすれば、玄関ドアが開けられることを、蘭生が思い出したのは、さらに三十分以上経ったあとのことだった。

## SCENE 1

『ユウ!!』

玄関を開けるなり飛び掛かってきた人物に、蘭生は声をなくした。

視界いっぱいに広がるのは、煌《かがや》くばかりの金色。

——え、ええ??

『ユウ、ユウ、会いたかった！』

——まさかっ!?

『キ、キースっっ??』

抱き締めていた腕を緩め、見下ろす相貌には、確かに覚えがあった。

眩《まばゆ》い金髪。透き通った珊瑚礁《さんごしょう》の海のような青い瞳。

「教授《プロフェッサー》のお宅で久しぶりに会ってね。蘭生ちゃんに会いたいって言うから、連れてきちゃったの～」

二人の様子をにこにこと眺めていた母が、ボストンバッグを玄関に置きながら説明する。その後ろから、タクシーの精算を終えた父が、苦笑ぎみに姿を現した。

「ただいま」

「お、おかえり…ちょっと、ママ！　連れてきちゃったって…え？？」

当惑顔の息子に、能天気な母は微笑《ほほえ》む。

「日本のお正月を満喫させてあげようと思って！」

母の横で、父はこの手に負えない妻の暴走ぶりを眺めるしかない。

そうして、一週間ぶりの家族団欒《だんらん》は、思いも寄らぬ存在とともに、訪れたのだ。


藺生に抱きついてきたのは、藺生が六歳まで過ごしたロンドンでの幼馴染、キース・マクアートだった。

ロンドンの大学で大学院にまで進んでいた藺生の両親は、学業に勤《いそ》しむ傍《かたわ》ら、子育てにも四苦八苦していた。留学して一年も経たないうちに藺生が生まれ、二人は藺生を育てながら大学に通っていたのだ。

慣れない土地での慣れない子育て。何度も、日本で待つ両親、つまりは藺生の祖父母に帰国するように勧められても、意外と頑固な両親は、頑として譲らず、休学さえすることなく大学に通いつづけたのだという。

そんな二人を見るに見かねて助け舟を出してくれたのが、キースの母親、二人が世話になっていた教授の一人娘のアンジェラだったのだ。

諸般の事情から、キースを一人で産み育てていたアンジェラが、二人が大学にいる時間、蘭生をあずかろうと言ってくれたのだ。ちょうど自分にも同じ年ごろの息子がいる。面倒を見るのが二人に増えたところで、さして手間でもない。

そんな事情から、蘭生は両親が大学にいる時間はマクアート家にあずけられ、物心つく前から、キースとともにアンジェラに育てられた。

つまり、蘭生にとってキースは幼馴染…いや、兄弟と言っても過言ではないほどの、大事な存在だったのだ。


『もうびっくり。見違えちゃったよ』

はじめは手紙、ここ数年はメールに変わったが、連絡は取り合っていた。しかし、いざ成長した実物を目の前にすると、もう溜息しか出てこない。

蘭生の記憶のなかのキースは、金髪碧眼《へきがん》の可愛らしい少年だった。蘭生と並んで、いつでも、「まあ、お人形さんみたい」と花屋のマダムにも、パン屋のマスターにも可愛がられていた。黒髪と金髪の二人の天使は、ご近所でも有名な、街の人気者だったのだ。

「もう、どこへ行っても、可愛いお嬢ちゃんねー！　って言ってもらえてねー。ママ嬉しくって、もう。アンジェラと二人、鼻高々だったのよ～」

十数年前を思い出し、うっとりと頬を染めながら当時の話をする母に、藺生は恥ずかしさを隠しきれない。

――お嬢ちゃんって…それ、喜ぶようなことじゃないと思うんだけど……。

成長期に見離されたらしき息子にとって、女の子みたいと言われることがどんなに傷つくか、このアイドル大好き、バリバリミーハーな母親にはどうにも理解してもらえないらしい。

内心溜息を吐きながら、藺生は先ほどからあることが気にかかって気にかかって仕方なかった。

目の前には、金髪。そして、視界の端には……ムスッと押し黙った、紘輝の姿。

あまりに甘い時を過ごしていたために時間の感覚が狂い、両親の帰国をすっかり忘れ去っていた親不孝者の藺生がそのことを思い出したとき、紘輝はまたもや藺生の身体を拓《ひら》こうとしているところだった。

まだまだ夜は長い。たっぷり可愛がってやれると目論《もくろ》んでいたところへ、「あぁ――っ！」と藺生が奇声を上げ、突如押しのけられた紘輝は、要するに寸止めを食らってしまったのだ。

――怒ってるよな、やっぱり……。

表立って不機嫌を露《あら》わにしているわけではなかったが、しかし、藺生にはわかっていた。紘輝がこのうえなく不機嫌だということが。

理由もだいたい察しはついている。キースが藺生に抱きついたことが気に食わないのだろう。ただでさえ理不尽なおあずけを食らったうえに、予期せぬ第三者の登場。そして、はじめて聞かされた幼馴染の存在。

藺生が兄のように慕っている幼馴染の史世《あやせ》に対してでさえ、紘輝は独占欲剥き出しで、その牽制ぶりには藺生も呆れてしまうほどだ。

もちろん、そんな紘輝の束縛が嬉しくもあるのだが、苦笑を禁じえないというのが、正直なところだった。

しかし、幼馴染の突然の来日に、紘輝と二人、密かに立てていた冬休みの予定の多くは、変更せざるを得ない状況になったことは明白で、藺生自身も内心落胆を隠せなかった。

柔らかな金髪を揺らめかせながら、青い瞳が飽きもせず藺生を見詰めている。その熱っぽい視線に、思わず囚われそうになって、藺生は視線を外し、不機嫌な色を滲ませる黒い瞳を窺う。

しかし、藺生を囚らえて離さない強い瞳は、そのとき、藺生に向けられてはいなかった。

## SCENE 2

『ユウ、ユウ！　次は浅草《あさくさ》！　浅草に行こう！』

来日前にロンドンの空港で買ったというガイドブックを片手に、キースは朝から藺生を連れ回していた。好奇心旺盛で、邪気のない笑顔でくったくなく笑うその姿は、どんなに成長しても幼いころと変わらない。

柔らかな金髪をなびかせて藺生の後ろを追いかけてきた、幼い日のキースの記憶が、鮮やかに蘇ってくる。しかし、目の前にいるのは、見違えるほどに成長した、目を見張るほどのハンサム。

先ほどから、通り過ぎる人という人がキースを振り返っていくのに、藺生は気づいていた。しかし、当のキースは、そんな周囲のあからさまな視線にも慣れているのだろうか、気にする様子もない。

背は、紘輝と変わらないか少し低いくらいだろうか。しかし、武道で鍛えた逞《たくま》しさが前面に押し出された紘輝とは違い、全体にしなやかで優雅な物腰は、彼に半分イギリス貴族の血が混じる故だろう。

そんなことを考えながら、藺生は自分より頭一つ分も成長してしまった幼馴染を、飽きることなく見上げていた。

『ホントはもっと早く日本に来たかったんだよ』

耳に心地よいクイーンズイングリッシュ。マクアート家はアイルランド系だが、生まれたときからロンドンで暮らしているキースは、綺麗な英語を話す。

『おばさんは元気？』

蘭生の問いに、キースはコックリと頷いた。

篁《たかむら》一家が日本に帰国してしばらく経ったころから、キースの母、アンジェラは病気を患《わずら》っていた。もともとあまり丈夫なほうではなかったらしいが、ちょくちょく入退院を繰り返していて、キースの手紙でアンジェラの容態に関する話題が出ないことはなかったほどだ。

蘭生がロンドンを離れるとき、キースは「必ず日本に行くからね」と、泣きながら小さな手を振ってくれた。蘭生もキースが来てくれるのをずっと待っていた。しかし、そんな現状から、二人の約束は果たされることなく、十一年という歳月が流れてしまっていたのだ。

最近になってアンジェラの病状も安定し、キースも安心してロンドンを離れることができるようになったらしい。今でも蘭生が世話になったロンドン郊外の小さな家で、祖父（つまりは蘭生の両親の恩師）と一緒に暮らしているのだという。

それにしても…と、蘭生は目の前の青年をまじまじと眺める。蘭生の視線に気づいたキースが、コーヒーを飲む手を止めて蘭生の視線を受け止めた。

『なに？』

そんなキースに、蘭生は小さく笑って白状する。

『だって、すっごくカッコよくなってるから……。背だって、昔は僕より小さかったのに……』

蘭生より一カ月ほど生まれの遅いキースは、子供のころはホントに小さくて可愛らしかったのだ。

思い出に浸るように言った蘭生の言葉を、しかし、どこか艶《つや》を含んだキースの声が遮《さえぎ》る。

『蘭生は、綺麗になったね』

「え？」

思わず日本語で聞き返してしまって、蘭生は慌てて言いなおす。

「What?」

「キレイになったネって言ったの」

あまりに流暢《りゅうちょう》な日本語で返されて、蘭生は言葉をなくした。

「僕の日本語、わかる？」

わかるもなにも、完璧な日本語だ。外人特有の妙なイントネーションさえもない、流れるような標準語だった。

「キース…日本語が…?」

いつの間に……手紙でもメールでも、そんな話は聞いたことがなかった。

「日本のことを知りたくて、勉強したんだ。蘭生に会える日を楽しみにして」

深い深い、瞳。

言葉より多くを語る強い瞳を、蘭生は知っている。

カフェで向かい合いながら、蘭生は、あまりにも艶やかなキースの瞳に魅入られていた。澄み切ったブルーに潜むのは、どこか危険な光。

記憶のなかの幼い少年は、いつの間にか、男へと成長していた。その事実に気づいて、蘭生は当惑する。目の前にいるのは、本当にあのキースなのだろうか…と。

パステルカラーに彩《いろど》られた、淡い思い出のなかの彼とは、比べようもないほどの存在感。

蘭生の瞳に映るのは、まるで知らない男のような、そんな気がした。

キースの手が伸びてきて、蘭生の髪を一房、指に絡めるようにすくい取る。乱れていたそれを梳いていた長い指が蘭生の頬を捕らえた。

少し体温の低い指先が頬を伝い落ち、蘭生の耳の後ろを擽《くすぐ》る。

——キース?

しかし、どこか危険な情熱を孕《はら》んだ指先は、さっと掠めただけで蘭生の肌を離れていった。

「次、行こうか」

キースの言葉にハッと我に返る。

——い、今のは…いったい…。

しかし、蘭生を見詰めるキースの瞳は、変わらず青く澄んだまま。

一瞬危険な色を宿したかに見えた瞳には、今は何の変化も見られない。

キースの言葉に小さく頷いて、蘭生は椅子の背にかけたコートに手を伸ばす。しかし、蘭生が手に取るより早くキースがコートを掴み、至極自然な動きでフワリと蘭生の肩にコートをかけた。

それは、映画の中で紳士が淑女をエスコートするときにする行為そのままで、蘭生は呆気にとられる。しかし、当の本人は何ごともなかったかのようにレシートを手にとると、蘭生の背を押した。

洗練されたフェミニストぶりに、カフェにいた客も一様に動きを止めて二人の様子を見守り、そして一様に感嘆の溜息を洩らした。

冬休みの間、篁家に居候《いそうろう》することになったキースの日本観光に付き合ってやると約束したのは昨夜。連日キースのお供をすることになりそうで、蘭生は嬉しい反面、複雑だった。キースに付き合うのが嫌なわけではない。

しかし、紘輝と会えないことが、自分にこれほどのダメージを与えるものだとは思いも寄らなかった。

あのクリスマス・イヴから数日、誰に邪魔されることもなく、蜜月のような毎日を過ごしていたのだ。その間は、毎晩紘輝の腕に抱かれて眠った。

二十四日は紘輝の家で姉たちと楽しく過ごし、昼間のクリスマス感謝祭での大騒動の興奮の余韻もあって、明け方まで互いを貪りあい、ホワイト・クリスマスの朝を紘輝の腕のなかで迎えた。

我を忘れるほど激しく抱き合ったのははじめてのことで、身体は悲鳴を上げていたが、しかし、心を満たす充足感はそれらすべてを凌駕《りょうが》して余りあるものだった。

うっすらと降り積もった雪を踏みながら、場所を蘭生の部屋に移し、二十五日の晩は二人きりのクリスマスを過ごした。紘輝の手料理に舌鼓《したつづみ》を打ち、甘い口づけに酔《よ》い痴《し》れ、逞しい腕に抱かれる悦《よろこ》びに浸った。そして、さらに丸二日、二人は熱に浮かされたように身体を繋ぎつづけたのだ。

今思い返せば、なんて爛《ただ》れた過ごし方をしてしまったのだろうかと、頬が熱くなる想いだったが、あのときは、ただただ紘輝の温《ぬく》もりから離れることができなかったのだ。

嫌われていると嘆いていた時間が長すぎて、抱かれても口づけられても、蘭生には紘輝の愛情を素直に受け入れることができなかった。それでも気づいてしまった想いは止められず、蘭生は心も身体もすべて、紘輝に奪われてしまった。

二十四日のクリスマス感謝祭の舞台で、不本意にもオーロラ姫を演じることになってしまった蘭生は、王子役の紘輝に舞台上で濃厚な口づけを受け、全校生徒の前で無理やり公認の仲にさせられてしまった。

あまりの恥ずかしさに怒り狂った蘭生だったが、しかし、それでも本心は嬉しかった。

圧倒されるほどに獰猛《どうもう》な瞳をした、強い男。

すべてを屈服させて余りある、力強い体躯。

そのくせ、蘭生を抱き締める腕は温かく、囁く声は甘い。

そんな紘輝の存在すべてに毒されてしまった蘭生は、その広く逞しい胸に抱かれるたび、背を突き抜ける歓喜に、酔い痴れる。

気づけば、紘輝に囚われていた。

口づけの甘さに酔わされ、気づけばすべて奪われていた。

奪われた身体。奪われた心。しかしそれは、甘い痺れとともに、蘭生に愛される悦びを教えてくれた。
そして、
愛する不安をも、教えてくれた。

『……ユウ？　ユウ⁉』

何度目かだろう呼び声に、藺生は声のしたほうを向き直る。すると、少し心配そうな青い瞳が覗き込んでくる。

『ゴメン。僕が連れ回したから疲れちゃったよね？』

自分が案内している立場なのに、心ここにあらず状態でボンヤリしていたことに気づいて、藺生はそんな自分を叱咤《しった》した。

キースは客で大事な幼馴染なのに……。そんな彼と恋人とを天秤にかけるようなことを考えていた自分を恥じる。

――これだから僕は……。

一瞬過《よ》ぎった心の翳《かげ》。

どうにも好きになれない自分自身を、藺生は自覚している。

『ううん。大丈夫だよ。僕こそゴメン。明日はもっと効率よく回れるように計画しようね』

そういって笑った藺生に、キースは少し怪訝そうな表情をしてみせる。

『キース？』

『ユウ、変わったね』

青い瞳が何かを訴えようと、微妙な光をたたえ、揺らめく。

『そりゃ……十年以上も経ってるんだよ』

あまり深く考えず答えた藺生の言葉に、キースが何かを返そうと口を開きかけたとき、騒々しいアナウンスがホームに響いた。轟音とともに電車が駅のホームに滑りこんできて、しかしそれは紡《つむ》がれることなく、キースの喉に消えていた。

# SCENE 3

二日目は、銀座《ぎんざ》に出てそぞろ歩く、いわゆる〝銀ブラ〟をしたいと言い出した。

キースの持っていたガイドブックを見ると、どうも日本という国を曲解している節が多く読み取れて、蘭生は笑ってしまった。

ゲイシャ、ハラキリ、スシ、シャブシャブ……。東洋の小島は、エコノミックアニマルと嘲《あざけ》られるほどに発展を遂げても、結局、世界からはあまり理解されていないらしい。

インターネットでどんな情報も瞬時に入手できる時代になったというのに、こういうものがまだ残っているところが、人間の面白いところだ。

このアナクロさが、なんだが郷愁をそそるとでもいうのだろうか…ロンドンは決して都会ではない。東京などと比べたら、時間の流れも随分とゆったりしていて、歴史を身近に感じることができる、長閑《のどか》な街だ。


「行ってみたいな」

昨夜、一日の報告…というつもりでもなかったが、自室から紘輝に電話すると、少し拗《す》ねたような声でそんなことを言っていた。

「蘭生の生まれ育ったところを見てみたい」

それは、自分の知らない蘭生の思い出にさえ嫉妬した、紘輝の独占欲が言わせた言葉。紘輝は、高校入試からのおよそ二年ほどの蘭生しか知らない。

それに対して、蘭生宅の向かいに住む幼馴染の史世は、蘭生の小学校入学からおよそ十年、正確には十一年間の蘭生を知っている。そう思うだけでメラメラと嫉妬の炎が燃え滾るのに、突然現れた金髪の幼馴染は、それ以前の蘭生を知っているというのだ。当然、紘輝の嫉妬心に油を注ぐ結果となり、紘輝の機嫌は相変わらずよろしくない。あの日、憮然とした表情のまま帰って行った紘輝を気にして、蘭生がフォローの電話をかけたのだ。

――そんなあからさまに嫌そうな顔しなくったって、心配するようなことなんて何もないのに……。

電話の向こうでギラギラと怒りのオーラを立ち昇らせているだろう紘輝の姿が容易に想像できて、蘭生はちょっとムッとする。

「何を怒ってる?」

沈黙の意味を正確に読み取って、紘輝が尋ねる。「別に何も…」と答えようとしたそのとき、

軽いノック音がして、蘭生の自室のドアが開けられた。

『ユウ、お風呂入ろうよ！』

いきなり現れたキースに驚いて、蘭生は思わず携帯を握り締める。

そして、つい素《す》っ頓狂《とんきょう》な声で聞き返してしまった。

それも日本語で。

「お、お風呂っ？？」

携帯の通話口から、紘輝の息を呑む声が聞こえたような気がしたが、当の蘭生は動揺してしまって、それどころではない。ワタワタと落ち着かない素振りで、携帯を後ろ手に隠してしまう。

『あれ？　電話？』

無邪気な表情を彩る青い瞳は、なぜか楽しそうだ。

『あ…う、ううん。何でもないよ』

キースに対しては、何ら焦る必要はないはずなのだが、なぜか後ろめたいような想いにかられて、思わず曖昧《あいまい》に返してしまった。

そして、おやすみの挨拶もなく、いきなり電源をＯＦＦにする。きっと携帯の向こうで紘輝が喚《わめ》き散らしているのだろうが、とりあえずは目の前の事態を打破することのほうが、今の蘭生にとっては先決だった。

キースは六歳のころのままの感覚なのだ。子供のころは一緒にシャワーも浴びたし、ひとつのベッドで手を握り締めて眠った。

しかし、今は……マズイ。非常～にマズイ状況だ。

ただひとりを除いて、ヒトサマの前には、肌を晒《さら》すことなどできない特別な事情がある。

短い蜜月の間に、紘輝につけられた痕。

紘輝の愛情の証。

身体中に散らばった薔薇色の鬱血の痕が、まだ消えずに残っている。白く皮膚の薄い繭生の肌は、軽く触れただけでも色合いを変えてしまうのだ。痛みを感じるほどに強く吸われ、噛まれた痕は、容易に消えるものではない。

『ね、日本のお風呂に入りたいよ。ユウ、一緒に入ろう！』

無邪気な瞳に見詰められて、繭生は困り果てる。

『どうしたの？　嫌なの？　昔は一緒にシャワー浴びたりしたのに……』

淋しげなキースの顔に、繭生はますますいたたまれなくなって、口ごもる。

——ど、どうしよう～。

『い、嫌じゃないけど…その……』

繭生が返答に窮《きゅう》したとき、階下から母の声がキースを呼んだ。

『キース！　お風呂入っちゃった？』

その声に、慌ててキースが部屋を出て行く。

『ここだよ。何？』

『国際電話よ、アンジェラから』

『ママから？』

母に呼ばれ、電話に出るために階段を下りてゆく足音が聞こえて、蘭生は大きな溜息とともに、その場にへたり込んだ。

まさに間一髪。

そしてハタと我に返り、ここぞとばかり、キースが母からの電話に出ている隙に慌てて風呂に入り、烏《からす》の行水《ぎょうずい》状態で湯を浴び、部屋に逃げ込んでしまう。言い訳ならあとでいくらでも考えればいい。

この肌さえ見られなければ、それでいいのだ。

しかし、「一緒に入ろう」と言われた言葉を無視して先に風呂を使ってしまったことを拗ねるかと思っていたキースは、昨夜も今朝も、取り立てて何も言ってはこなかった。

それにホッと安堵して、蘭生は今日もまた、朝からキースに付き合っていた。

いろいろと歩き回りたがった昨日と違い、今日のキースは歩みがゆったりだ。

もしかして昨日疲れてしまった自分に気兼ねしているのかと思い、「次、どこ行く？」とこちらから聞いてみても、曖昧な返事しか返ってこない。そのかわり、時折なにかを探るような眼差しでじっと蘭生を見詰め、蘭生の心を粟立たせた。

どうしたのかと問いたくても、問えない空気が、蘭生の口を閉じさせる。蘭生の心の深いところまで見透かすような青い瞳に、蘭生は魅入られるしか、なかった。


ごく普通の友達同士やカップルのように、ショーウインドーを眺めながら銀座の街を歩く。

『凄いね、日本って国は』

ポツリと言ったキースの言葉に、蘭生が不思議そうな顔でキースを見上げた。

『活気に溢れてて、騒々しくて、目まぐるしくて……ロンドンとは時間の流れ方が違うみたいだ。人混みに流されてどこかへ消え去ってしまいそうで…何だか怖いよ』

銀座の大きな交差点。片方の通りは、休日は歩行者天国になっていて、道路にテーブルまで置かれ、少しばかりハイソな大人たちが闊歩《かっぽ》する、リッチな街。

最近は随分と様変わりしてきたが、それでも渋谷や新宿などとは、景色が違って見える街だ。

『どっちかっていうと、東京では落ち着いた街なんだけどね、これでも。でも…そうだね。このなかから自分ひとりいなくなっても、街の景色は変わらない。そう考えるとちょっと怖いね』

二人で幼いころを過ごしたロンドンは、少し郊外へ外れれば長閑な街並みと自然がいっぱいで、人一人が消えても、風景が変わって見えるに違いない。広い大地に根差した存在感。そこでは誰もが温かで、ゆったりとした時間を過ごしていた。

キースと野原をかけずりまわり、花を摘み、小川で魚を追った。母たちと一緒に、よくピクニックに出かけた。あのころの自分は、今よりもずっと大らかに笑っていたような気がする。

――ま、子供だったしな。

大人になったとは思わないが、十七年近くも生きていれば、それなりに人間変わるものだ。

キースと二人、銀座を往き交う人々の群れを、しばし眺める。いつの間にやらキースの手が蘭生の手を取り、幼いころの思い出のままに握り締めてきた。一瞬戸惑ったものの、くすぐったい郷愁にそそられて、それを許してしまう。

キースと過ごす時間は、驚くほどゆったりと流れて、蘭生の心を十数年も昔へとトリップさせていた。

切り離される、過去と現在。

その間に横たわる、大きな溝の存在。

漠然とカタチを成していなかったそれが、徐々に繭生の中でハッキリとしたものへと成長していく感覚に、なぜかしら心が重くなってゆくのを感じる。

過去の思い出が美しすぎて、今の自分が、この汚れた都会の空にダブって見えた。幼い日を過ごした街の上に広がっていた空は、もっと青く澄んで、美しかったのに……。

あの澄み切った空は、今もあの街の上空に横たわっているのだろうか…。あのままの色合いで、あのままの姿で、今でもそこに存在するのだろうか…。

しかし、今、繭生の視界に映るのは、薄汚れた東京の空だけだった。

# SCENE 4

家の前に帰り着くと、待ちかねたように向かいの玄関から史世が顔を出す。

「蘭生！」

Gパンにざっくりと編んだセーターというラフな恰好で、蘭生に手を振る。

お向かいに住む花邑《はなむら》史世は、蘭生が帰国した六歳の春からずっと、蘭生の兄代わりのような存在で、いつでも蘭生を守り慈《いつく》しんでくれた人だ。

「あっちゃん！」

冬休みに入ってから、はじめの数日間は紘輝とずっと家の中で、その後はキースと出かけていた蘭生は、史世と顔を合わせるのは随分と久しぶりのような気がして、思わず駆け寄っていた。

「久しぶりだね、蘭生」

「あっちゃんも、出かけてたんだよね？」

史世が恋人のもとでこの数日間を過ごしていたことは、蘭生もわかっている。その相手が、いささか大きな声では言えない職業の強面《こわもて》の二枚目であることも、承知していた。

「まぁね。そういう蘭生だって、安曇野《あずみの》と一緒だったんだろ？」

言われて、曖昧に返した蘭生の表情から、微妙な翳りを見て取って、史世はチラリと篁家の玄関前に佇《たたず》む、金髪の青年に視線を投げた。

聡《さと》い史世には、キースの存在を視認したときから、だいたいの察しはついている。

――蜜月を邪魔されたってとこかな。

可愛い蘭生を、どうにも可愛くない紘輝の腕から引き剥がしてくれて喜ぶべきなのか、はたまた……。

しかし、当の蘭生自身がガッカリしているところを見ると、これはどうやらキースの味方をするわけにもいかないようだ。

「彼がロンドンにいたころの友達?」

蘭生を訪ねた折に、母から聞いたのだろう。史世に促されてはじめて、まだキースを紹介していなかったことに思い至る。

「あ、ゴメン。紹介するよ。ロンドンにいたころの幼馴染で、キース。キース・マクアートっていうんだ」

〝幼馴染〟という単語に、ピクリと史世の眉が反応したが、蘭生は気づかない。

『キース。紹介したい人がいるんだけど、いい?』

蘭生に呼ばれて、キースがゆったりと歩み寄ってくる。英国紳士を思わせるその優雅な仕草に、あのケダモノなどよりはよっぽど蘭生に似合いだな、などと史世は考えていた。

しかし……、

『キース、彼は花邑史世。僕の幼馴染で…お兄さんみたいな人…かな』

少し照れくさそうに紹介した繭生に、キースはしばし沈黙し、史世を見やった。目を見張るほどの美しい容姿をした青年は、しかし、どこか毒々しい刺《とげ》を持っている印象を、キースに与える。

『はじめまして』

「はじめまして」

簡単な英語で挨拶した史世に対して、キースは流暢な日本語でそっくりそのまま返してみせた。

一見にこやかに握手を交わしながらも、しかし、その実、二人の目は笑ってはいなかった。

互いの立場を一瞬にして理解した結果、二人は互いの存在を、好意的には受け取らなかったのだ。

だが、そんな水面下の攻防も、繭生には伝わってはいない。

「あっちゃん、大丈夫だよ。キースは日本語が話せるんだ」

先に言っておかなかったために、史世に要らぬ気遣いをさせてしまったと思った繭生が、今更ながらフォローに回る。

「そう」

しかし、気にしたふうもなく、史世は握った手を離した。

その声が、いつもの蘭生に対するものより幾分か低いような気がして、蘭生が怪訝な顔をする。

「あっちゃん？」

その声に、ふっと表情をやわらげ、蘭生を振り返ると、その髪をくしゃっと撫で、小さな頭を抱き寄せる。

「お正月は安曇野と初詣《はつもうで》？」

「……まだ決めてない」

史世に撫でられながら、蘭生は素直に返す。本当は「決めていない」のではなく「決められない」というのが正しいのだが……。

キースを連れ帰ってきてからというもの、家族団欒の時間が長くて、なかなか自室にも引きこもれない状態にある。しかも、ちょっと油断すると昨夜のような事態に陥る危険性があるため、おちおちと電話もしていられないのだ。

そういえば、昨夜のフォローをしておかなくちゃな…と、いきなり電源ごとOFFにしてしまった携帯のことを思い出した。

「初詣って何？」

そんな二人の間に割り込むように、キースが会話に入り込んでくる。

『あぁ、えっとね、ニューイヤーに神社にお参りに行くことだよ』

新年のはじまりに、大切な家族や恋人などと一緒に、一年間の多幸を祈るのだと教えてやる。できることなら愛する人と、二人でいられる幸せを祈りたいと思うのが人情だろう。

『ふーん……』

何か考え込むような素振りをしていたキースは、いきなりニコッと微笑むと、藺生の肩を抱き寄せ、言った。

『日本のこと、もっと知りたいな。お休み中はずっと一緒にいてくれるよね？　初詣っての、一緒に行こうね』

その言葉に藺生は曖昧に頷くしかない。

紘輝と二人、初日の出を見ながら……なんてことも考えなくもなかったが、今の状況ではなんとも答えることはできなかった。

藺生の返事に満足したのか、キースはさっさと玄関へと向かってしまった。

肩を竦めて史世を見やると、史世はどこか神妙な顔つきをして、キースの消えた玄関を見据えていた。その瞳は、藺生の知っている、いつもの優しい史世のものでも、すべてを平伏《ひれふ》させるだけの強さを秘めた、昨年生徒会長をしていたときに時折見せたような強いものでもなく……今まで藺生が見たことのない、鋭さを秘めた色をたたえていた。

——あっちゃん？

ずっと自分を守ってくれた優しい幼馴染の内面に知らない部分を見つけ、蘭生はなぜだか少し苦い想いに、きゅっと唇を噛み締める。

それは、先ほど、銀座の街並を眺めていたときに蘭生を襲った翳りに似ているような気がして、蘭生は気づかないふりで視線を落とした。

## SCENE 5

蘭生が玄関を出たとき、ちょうど史世が自宅に入ろうとしているところに出くわした。

「あれ？　どこ行くの？」

聞かれて、蘭生は「うっ」と詰まる。

蘭生の表情にニヤリと笑って、史世は耳元に囁いた。

「そんなに慌てなくたって、安曇野は逃げないよ」

「あっちゃん！」

怒ったような拗ねたような声で、蘭生が睨む。史世には何を言っても無駄。すべてお見通しだとわかってはいても、紘輝との関係をからかわれるのは、やっぱり恥ずかしかった。

普段の、優等生面で生徒会長を務める自分と、知ったばかりの恋に右往左往している自分。淡泊だと思っていた自分の感情が、コントロールを失うほど激しいものだったことを、蘭生は紘輝に出会ってはじめて気づいた。

そんな自分を認めるのは、やっぱりまだ恥ずかしい。

想いが深まれば深まるほど、自分が酷《ひど》く淫らな顔をしているような気がして、蘭生は顔を上げられなくなるのだ。

「ごめんごめん。早く行っておいで。ナイショなんだろ？」

夜も深まりつつある時間に家族に内緒の逢瀬《おうせ》。あまり大きな声で言えるものではない。

史世の言葉に小さく頷いて、藺生は駆け出した。

待ち合わせは角を曲がったところにある児童公園。通りからは少し奥に入った、夜になれば人影などまったくない、小さな公園だった。


夕食後、まだまだポーカーで盛り上がる両親とキースの目を盗んで自室に入ったところに、タイミングよく紘輝からの携帯が鳴った。

「出てこられるか？」と聞かれて、一つ返事でOKした。

もう丸二日も会っていない。ろくろく話もしていない。

——会いたい。

素直に言えなくて、でも嬉しくて、ただ頷いた。

そこは、小さなベンチが二つ三つと砂場、それにブランコがあるくらいの、ホントに小さな公園だ。ぐるりと見渡さなくても、敷地のすべてが見える。

外灯の下のベンチに、人影を見つけた。蘭生の姿を見とめて立ち上がった長身のシルエット。見間違えるはずなどなかった。

——会える。

たったそれだけのことでこんなに胸が高鳴っている自分を知られたくなくて、わざとゆっくり歩み寄る。喜んでいると知られるのは、恥ずかしかった。

しかし、吐き出される白い息が弾んでいることに、蘭生は気づいていない。公園の手前まで走ってきたことが丸わかりなのに、それでも蘭生は頬を染めながら、紘輝の側まで歩み寄る。

あと一歩というところで立ち止まり、恥ずかしげに視線を彷徨《さまよ》わせていた蘭生の腕を、紘輝は無言で引き寄せた。

倒れこむように、紘輝の腕のなかに蘭生の華奢な身体が抱きこまれる。蘭生は抗《あらが》わなかった。ぐぃっと腰を抱き寄せられて、一分の隙間もなく身体が密着する。触れる場所から紘輝の熱が伝わってきて、蘭生は溜息にも似た吐息を吐き出した。

温かい胸。

力強い腕。

それは、蘭生が一番安心できる場所だ。

本当は、そんな女々しい自分など認めたくはなかったが、しかし、もうこの腕なくしては生きてはいけないと思うほど、その力強さには、蘭生を安堵させるものがあった。

抱き締められたいと思う。この腕に抱かれて眠りたいと思う。そんな自分をとても淫らに感じる一方で、好きなんだから当たり前だと、心の奥底で囁く、もう一人の自分の声。

蘭生のなかでは、常に二人の自分が戦っていた。変わるのは怖いと思う自分と、もっと素直になりたいと望む自分。どちらの声にも蘭生は耳を傾け、しかし、都合が悪くなると耳を塞いだ。

「蘭生」

優しい声に呼ばれて、蘭生は顔を上げる。

見下ろしてくる、強く鋭い瞳。その瞳に囚われて、蘭生は動けなくなる。大きな手に顎《あご》を取られて、落ちてきた口づけに、そっと瞼《まぶた》を閉じた。

最初は触れるだけ。しかし、いったん触れたら歯止めが利かなくなって、すぐに深いものへと変化した。待ち合わせの時間にはピッタリか少し早いくらいに来たのに、紘輝の唇は驚くほど冷えていて、蘭生を不安にさせる。

――風邪ひいちゃうよ。

そんな優しい言葉の一つでもかけられたら……。しかし、口を開けばいつもいつも可愛げのない言葉ばかりを吐いてしまい、言ったあとで自己嫌悪する。

それでも紘輝は満足そうに笑って、すべてを受け止めてくれる。蘭生の気持ちなどお見通しだとばかりに、サラリとかわされ、宥《なだ》め透《す》かされて、結局丸め込まれてしまう自分。

「……んっ」

絡めた舌を強く吸われて、蘭生の白い喉がヒクリと喘ぐ。口蓋を擽られ、ジワジワと背を駆け昇る喜悦の兆《きざ》しに、蘭生は紘輝の背を叩いた。

しかし、そんな抵抗など歯牙《しが》にもかけず、紘輝は蘭生の口腔を貪る。甘い蜜を吸い、柔らかな粘膜を絡め、慄《わなな》く背を掻き抱けば、ここが屋外の公園であることなど、もはや思考の彼方に追いやられてしまう。

背を叩く蘭生の抵抗が弱まり、やがて切なげに紘輝の広い背に縋る指先が、革ジャンに皺《しわ》を寄せはじめると、蘭生の下肢から力が抜け落ちた。

「…ぁ…んんっ」

隙間から零れる吐息が熱を帯びる。

縋る蘭生の身体を支え、ベンチに腰を下ろすと、紘輝は蘭生の身体を膝の上に横抱きに抱き上げた。お姫様抱っこをしたままベンチに座りこんだような状態だ。

背を滑っていた蘭生の手を首に回させ、華奢な肩をぎゅっと抱き寄せる。空いたほうの手を蘭生のコートのなかに滑らせると、感じやすい脇腹から太股を撫で下ろした。深く浅く、口づけを繰り返しながら、紘輝は蘭生の体温を高めてゆく。

耳朶《じだ》から頬へと唇を這わせ、シャツの胸元をそっと寛《くつろ》げる。一つ二つ…ボタンを外し、しかし、蘭生が寒くないように、はだけてしまわないように気を遣う。白い鎖骨《さこつ》が露わになって、紘輝は蘭生の喉もとに噛みついた。

まるでドラキュラ伯爵が美女の喉もとに牙を立てるように…消えかけた所有の証を再び深く刻みつけるように…紘輝は蘭生の肌の見えやすい場所に愛撫の痕をつけてゆく。

色褪《あ》せはじめた薔薇色の痕に口づける。

「あ…はっ…だめ…だ」

呼び覚まされる官能に畏怖して、蘭生が紘輝の腕から逃れようと身を捩《よじ》る。さすがにこんな場所で最後までしようとは、紘輝も思ってはいなかったが、しかし、蘭生の肌の芳《かぐわ》しい匂いに誘われ、ついつい行為がエスカレートしてしまった。

「大丈夫だ。キスだけだから」

ずるい言葉で騙して、蘭生の肌を啄《つい》ばみ続ける。鎖骨あたりから上、耳の後ろや喉のふくらみのあたりを、執拗に舐めまわす。

薄暗い外灯に照らし出された青白い肌が桜色に染まるまで、紘輝は蘭生を離そうとはしなかった。

「愛してる」

口づけの合間に繰り返し囁かれる。

「お前は俺のものだ」

何度も何度も、言い聞かせるように繰り返される呪文。

それは、蘭生の心を侵す、誘惑の言葉だった。

「ひろ……き……」

全身を襲う小波のような喜悦に、蘭生の眦《まなじり》から一筋の雫が零れ落ちる。

鋭利な刃物のように冷えきった真冬の夜空の下、随分と長い時間、二人は互いの温もりを手放せないでいた。


「久しぶりなんだろ？　あいつに付き合ってやれよ」

それだけ言い残して、紘輝は帰っていった。大きなエンジン音を轟《とどろ》かせて走り去る大きなバイクを見送りながら、蘭生は溜息をついた。

そしてこんな些細なことに落胆している自分に気づく。

——妙なところで聞き分けがいいんだよな。

当の紘輝が、あまり懐《ふところ》の狭い男だと思われるのも嫌で、渋々聞き分けのよい男を演じているなどとは思いもしない蘭生は、理不尽な怒りに足元の小石を蹴った。

無理やりに蘭生を手に入れ、絶対に離さないと迫った紘輝にほだされたような状態の蘭生は、実は紘輝の強引さにも惹かれていた。

聞き分けのよい大人などではない。ワガママで強引で、知ったばかりの感情に戸惑う蘭生を翻《ほん》弄《ろう》する。

口数少ない分、強烈な光を宿す瞳が、蘭生の心までもを浸食する。

しかしその一方で、二人の姉に育てられた故か、実はフェミニストで、好いた相手にはとことん甘い。自分にできうる限りのことをして構い、甘やかし、そうしていつのまにか、拘束する力強い腕の温もりに馴染ませてしまう。

それが紘輝の常套《じょうとう》手段だと、最近になってやっと気づいた蘭生だったが、しかし、気づいたときには遅かった。

過去の相手たちにも同じような激しさを見せていたのだろうかと思うと、心がイライラと波立つ。

紘輝の手なれた仕草の一つ一つに、嬉しい反面激しい嫉妬を覚える自分。

でも、口うるさいと思われたくなくて、聞きたいことも拗ねる言葉も、ついつい喉の奥に呑み込んでしまう。そのかわりに硬くなる自分の態度を可愛くないと自覚しながらも、しかし、そう簡単に素直になることもできなかった。

――そういえば、こんな時間に何してたんだろう……。

自室の窓から史世宅を眺め、ふと藺生の脳裏に浮かんだ疑問。藺生が紘輝に会うためにこっそりと自宅を抜け出したのは、深夜ではないにしろ、もう遅い時間だった。

あのときの史世はラフな恰好をしていたし、荷物も持ってはいなかったから、出かけていたわけではない。近所のコンビニにでも行っていたのだろうかと考えて、しかしどことなく腑《ふ》に落ちない。

その原因が何なのか、そのときの藺生にはわからなかった。

# SCENE 6

翌日、今度はお台場《だいば》に行きたいと言い出したキースに、その手のデートスポットといわれる場所が、ことごとく苦手な蘭生は、さすがに頬を引き攣《つ》らせる。

『す、すごい人だと思うよ』

子供が休みに入る時期や行楽シーズンには、日本各地のみならずアジア各地からも観光客が訪れる。ショッピングモールや日本初のシネコン、大観覧車など、休日ともなればそれぞれのスポットは長蛇の列だと聞いている。それが正月休みの今、どんな状態になっているか、想像に難くない。

「この間、史世ちゃんが行ったって言ってたでしょ。どんなだったか聞いてみれば？」

母の言葉に、そういえば…と思い出す。

とりあえず、初心者向けの場所でもレクチャーしてもらおうかと思い立って、蘭生はお向かいの玄関チャイムを押した。


「お台場？」

眉根を寄せて聞き返され、蘭生は怪訝な顔をする。

「行く前からこんなこと言うのもなんだけど……つまんないよ」

——やっぱり……。

なんとなくそんな気はしていたが……。

蘭生はガックリと項垂《うなだ》れるしかない。

だいたい、話題のスポットというのは往々にしてそんなものなのだ。聞けば、史世は目当ての店でいくらかの買い物をしただけで、さっさと帰ってきてしまったらしい。

「あいつも、蘭生を連れていくんなら、もっとマシな場所選べばいいのに。蘭生が人混みが苦手なことくらい知ってるだろうに」

史世の言葉に、蘭生は「?」と考える。

「あいつ?」

「……安曇野と行くんじゃないの?」

蘭生の表情に気づいて、史世が尋ねる。

「キースとだよ。日本観光だもん」

肩を竦めてみせた蘭生に、史世は眉根を寄せた。

「昨夜あいつと約束したんじゃなかったんだ?」

不思議そうな顔をする史世に、蘭生も違和感を覚える。

「特に何も……。何で？」

揺らめく大きな瞳に見詰められて、史世は珍しく言葉を詰まらせた。

「いや……あいつが堪《たま》り兼ねて蘭生を攫《さら》いにきたのかと思ったからさ」

しかし、後半からかうような言葉をかけてくる史世に、蘭生はさっと頬を赤らめた。

そんな蘭生にクスリと笑い、史世はいつもの優しい微笑みで応えてくれる。

「確かたまたま買った雑誌に紹介が載ってたのがあったと思うから…探してくるよ。部屋上がってて」

言われて蘭生は階段を上り、二階の史世の部屋のドアを開ける。

子供のころから何度も訪れた、勝手知ったる幼馴染の部屋だ。

本当は兄妹二人の部屋になるはずだったその場所は、高校生の一人部屋としてはかなり広いほうだ。今でも、所々に残る、去った存在の名残。それを敏感に感じ取って、蘭生は胸が痛むのを感じた。

ピィルルルルルル――――――！

突如鳴り出した電子音が、蘭生の思考を中断する。視線を巡らすと、机の上の充電器にセットされた携帯電話に着信を知らせるランプが点滅している。

携帯が鳴っていることを階下の史世に知らせようとして、何気なく液晶画面に視線を落とした蘭生は、しかし、そこに表示された番号に、身体を強張《こわば》らせた。

――なぜ……？

ひと目でわかる。表示されているのは、間違いなく紘輝の自宅のナンバーだ。

見間違えるはずもない。

――なんで紘輝が？

普段から仲のよいクラスメイトなどであれば、特に不審に感じたりもしなかったに違いない。しかし、二人は蘭生を挟んで睨み合う、いわば犬猿の仲だ。この二人が蘭生を抜きにして個人的に連絡を取り合ったりすることなど、考えられない。

疑惑に囚われて、蘭生は震える手で充電器から携帯を取り上げ、電話帳を表示させる。そして、そこに見つけた名前に、目を見開いた。

安曇野紘輝。

行順に並んだリストの一番上に表示された名前を反転させ、登録内容を表示させる。登録されていたのは紘輝の携帯ナンバーだった。

自分は史世に紘輝の番号を教えてはいないし、紘輝にも史世の番号を教えたりもしていない。

ということは、二人がお互いに番号を交換し合ったとしか思えない。

副会長で史世の悪友でもある新見《にいみ》など、二人を繋ぐ人物を想像してみたが、誰もみな蘭生の不審を晴らすには至らなかった。

——僕の知らないところで二人が連絡を取り合っている……？

いったい何のために……。

蘭生の疑惑は急速に深まり、不安に心臓が煩《うるさ》く脈打つ。

そして、浮かんだ、昨夜の史世の姿。

さらに、先ほどの違和感の残る会話。

——まさか……？

思い浮かんでしまった考えを必死に否定する。

——二人で会ってた？

蘭生が家を出ようとしたときにタイミングよく史世に出くわしたのは…約束の時間に遅れたわけでもないのに、紘輝の身体が思った以上に冷え切っていたのは……。

蘭生との待ち合わせ以前に、紘輝と史世があの公園で会っていた。

導き出された結論に、蘭生は愕然《がくぜん》とする。

——いったい何のために？

0904

自分に黙って、二人は会っていたのだろうか？

「まだ、そうと決まったわけじゃない……」

自分の思い違いに決まっている。震える唇で呟いても、しかし、不安は募るばかりだ。

数度鳴って切れた携帯の液晶画面を眺めながら、今度は着信履歴と発信履歴を表示させる。

そこに見たものは……日に一度は紘輝と史世が連絡を取り合っているという、紛れもない証拠だった。

——どうして……。

階段を上ってくる足音に、蘭生はビクリと肩を震わせる。

慌てて携帯を元あったとおり、充電器に戻し、蘭生は煩く鳴る心臓を必死に宥める。

「蘭生、あったよ。ほら、これこれ」

お台場の情報の載った雑誌を手に、史世が自室のドアを開ける。その寸前に大きく深呼吸をして、蘭生は笑顔を取り繕った。

なぜ、このときに一言聞けなかったのか。

「紘輝と仲良くなったの？」

と。

しかし、蘭生の口から紡がれたのは、短い謝礼の言葉だけ。

「ありがと。行ってくる。キースが待ってるから」

史世に手渡された雑誌を受け取り、藺生は足早に花邑家を後にした。


その日は結局、キースの会話に肯くのがやっとで、史世に貸してもらった雑誌の紹介ページなど、欠片《かけら》も役立ちはしなかった。四十分も並んで乗った大観覧車も、作り込まれた綺麗なスポットも、モノレールも、藺生の心を躍らせるものには何一つ出会うことはなかった。

キースに腕を曳かれても、ときめかない。カップルだらけの大観覧車にも、本当は紘輝と乗りたかった。

見た目ばかり派手でつまらないデートスポットも本来苦手な人混みも、紘輝と二人なら、きっと楽しめたはずだった。

今自分の隣に立つのは、大好きな…大切な…幼馴染。

自分を慕ってくれるキースに申し訳なく思いつつも、藺生の心は紘輝のことでいっぱいだった。

いや、紘輝と史世に対する不信感で、いっぱいだったのだ。

ふと、キースが藺生の手を握り締めてくる。

翳った表情で俯《うつむ》いていた藺生は、ハッと我に返り、青い瞳を見上げた。

握り締めた手を取り、キースはそっとその掌に口づける。

「ユウは笑顔のほうが可愛いよ」

優しい光をたたえる、青い瞳。

心ここにあらず状態だった藺生を責めることもせず、キースは温かい表情で藺生を見詰めている。

「おじい様がね、言ってた。生物は環境によって変化するんだって。その環境に合うように自分を変化させて、次第に順応していくんだって」

——キース……？

突然、脈絡のない話をはじめたキースを、藺生は怪訝な表情で見上げた。

「環境が変われば、それに合わせて、生物は姿かたちも、性質も変えるんだよ」

例えば……高原に咲くタンポポは、吹きすさぶ強風から身を守るために地面に這うように丈が低い。しかし、もともとは平地に咲くタンポポと同じ種類なのだという。ガラパゴス諸島に住む海イグアナは、もともといた陸イグアナが、餌を求め、その環境に合うように変化した結果、水掻きを持つ海イグアナに進化した。どちらも、環境によって生物が変化した好例だ。

——環境……？

ならば自分も、環境が変わったことによって、変わってしまったのだろうか……。蘭生は考える。

ロンドンと日本。

環境も周りの人々も言葉も…何もかもが違う。

六歳の春。蘭生の意志ではなく変えられた環境が、蘭生にどんな変化をもたらしたのか……。

幼い子供時代と思春期の今。

比べるには違いが多すぎるのだろうが、しかし、良いほうへ変わったとは、蘭生自身には思えない。

自分が嫌いだった。

しかし、ロンドンにいたころは、そんなこと考えたことすらなかった。その事実をどう受け止めたらいいのだろう…。

キースの長い腕に肩を抱き寄せられても、蘭生はその腕を振り払うことはできなかった。

「ロンドンは…何も変わらないよ」

蘭生を抱く腕に力を込めながら、キースがポツリと言う。

「あのころと、何も変わらない」

すべてが優しく温かかったあのころと、変わらないものがそこにはあるのだと、キースは言う。

「あのころのように、また一緒に暮らせたらいいのにね」

「キース……」

「おじい様も、ユウのパパに研究を手伝ってもらいたがってる。ユウも興味あるって言ってたよね」

キースはいったい何を言おうとしてるのだろうか……。

「あの家で、また一緒に暮らしたいな……」

——キース……⁉

キースの思いがけない言葉に酷く心を揺さぶられて、蘭生は戸惑う。

あのころのままの自分なら……あのころに戻れたら……もっと優しくなれるだろうか。もっと素直になれるだろうか。

誰を妬むこともなく、自分に自信を持つことができるだろうか。

そんなことを考えて、蘭生は曖昧に、微笑んだ。


史世が自宅の玄関をくぐるのをカーテンの陰から確認して、蘭生は部屋を出る。

紘輝との待ち合わせは五分後。

紘輝が、史世との待ち合わせの後に、自分との約束を入れていることは明白だった。

大好きな二人を疑い、陰から窺うような行動に出てしまう自分に恐ろしいほどの嫌悪感を感じながらも、しかし、いったん疑心暗鬼に囚われ黒雲のかかった心はどうにも晴れず、ますます蘭生を落ち込ませる。

公園まで数分の距離がやけに長く感じられ、徐々に重くなる足取りに、蘭生はぎゅっとコートの胸元を握り締めた。

昨夜と同じ外灯の下のベンチ。公園の入り口に佇む蘭生を見つけ、その表情が和《やわ》らぐのが、暗がりにも感じ取れる。

煩く鳴る心臓を押さえ、足早に歩み寄ると、ベンチから腰を上げた紘輝の胸に、蘭生は抱きついた。

「蘭生?」

いつもいつも恥ずかし気に、紘輝の愛情を享受するだけの蘭生が、積極的な行動に出ることなど今までになかったことで、紘輝は驚きを隠せない。

恋人の大胆な行動を多少訝《いぶか》しみつつも、それでもやはり嬉しくて、しがみつく華奢な身体をぎゅっと抱きしめた。

「どうしたんだ？」

尋ねても、ただ頭を振るばかりで、返事は返ってこない。しがみつく腕を外させ、紘輝の胸に伏せていた顔を上げさせると、長い睫に縁取られた瞳が所在なさげに揺れる。

きつく結ばれ寒さに少し色褪せた唇を啄ばむと、誘うように綻ぶ。その隙間から熱い粘膜を挿し入れると、藺生自らおずおずと舌を差し出してきた。

それを絡めとり、熱い口腔を思うさま貪ると、背にすがりつく腕の力が強くなる。それに応えるように細い腰を抱き寄せ、自身の下半身をピッタリと摺り寄せる。

濃密な口づけによって煽られた身体が熱を上げてゆくのが、触れあった下肢から布越しにも感じられ、二人はますます煽られる。

飲み込みきれなかった唾液が藺生の白い喉を伝うのを追いかけるように舌を這わせ、襟元まで降りた愛撫が、しかし躊躇《ためら》いがちに止められた。

ピッタリと抱き合っていた身体をいったん離し、小さな頭を包み込むように抱き寄せる。

「煽るなよ。こんな場所なのに……また抑えがきかなくなる」

どうにか冷静さを取り戻そうと、今にも暴走しそうになる若い身体を叱咤する紘輝の真っ当なセリフにも、今の藺生は不安を募らせる。

昨夜は、最後までには至らなかったものの、あんなに熱く抱き締めてくれたのに……。

それなのに……。

いったんマイナスに転じた思考は、どんどん悪いほうへと展開してゆく。

紘輝は……史世が好きなのかもしれない。

普段なら、絶対にありえないと笑い飛ばせるはずのそんな突飛な考えまで浮かんで、蘭生は唇を噛み締める。

——あっちゃんに心変わりしたから…僕のことなんてもう抱きたくないの…？

昨夜も紘輝は途中でやめてしまった。

もう三日も抱かれていない。

経験不足で、紘輝にされるがままになるしかできない自分に比べ、史世なら紘輝を充分に楽しませることができるのかもしれないと思うと、蘭生は歯痒さに苛立ち、ますますきつく紘輝の背にしがみついた。無意識に細い腰を擦りつけ、欲情を燻《くすぶ》らせる紘輝の下肢を焚《た》きつける。

布越しに触れたそこは、欲情の兆しを見せ、逞しく成長しはじめていた。蘭生自身も、はしたなく欲望を昂ぶらせている。

今一度、濡れた瞳で紘輝を見上げ、意識的に誘いをかける。

それに煽られて、紘輝はぐっと蘭生の背を抱く腕に力を込める。

「後で泣いたって駄目だからな」

耳元に艶めいた囁きが落ちてきて、蘭生は小さな吐息を吐いた。

膝を震わせはじめた蘭生を抱き上げると、紘輝は外灯からは陰になった場所にあるベンチに歩み寄り、おもむろに蘭生を押し倒した。

衣服を身に着けたまま、まるで獣のように睦《むつ》み合う。

何度も何度も角度を変えて口づけられ、セーターのなかに入り込んだ大きな手が肌を伝い、胸の飾りを捏ねられると、紘輝の背にしがみついたまま、蘭生は背を撓らせる。

寒いだろうと気遣いながらも、紘輝は素早く蘭生の下肢をはだけさせ、白い太股の狭間で濡れる可憐な欲望に口づけた。トロリと透明な蜜を零しながら、白い肌が羞恥に染まってゆく。

滴った蜜に濡れそぼった奥まった場所にも舌を這わせ、健気《けなげ》に綻びようとする蕾《つぼみ》を花開かせる。はじめ固く閉じていた秘孔は、紘輝の愛撫に反応して、やがて真っ赤に熟れ、物欲しげに襞を伸縮させる。

含ませた指に添って唾液を注ぎ込みながら、中を抉る指先で、蘭生の感じてならない場所を突き上げた。

「あ……あぁ…っ」

高まる喜悦に、蘭生が喘ぐ。

もっとじっくり馴らしてやりたいが、場所が場所だけにそうゆっくりと行為に耽ることもできず、紘輝はある程度その場所が綻んだのを見計らって、すでに収まる場所を求めてそそり立つ自身の欲望を、濡れた秘孔に押し当てた。

「は…あぁ…っ」

切な気な濡れた吐息を零し、次にくる愉悦を知った蘭生の肢体が、期待に知らず知らず弛緩するのを見て取って、紘輝はジワリと欲望を埋めていく。

キンッと冷え切った真冬の夜空は雲一つなく、オリオンの三つ星が瞬く。夜がふけるにつれ下がってゆく外気温とは裏腹に、繋がった場所だけは火傷しそうなほどに熱く熱く、二人を追い上げる。

「あ……あぁ…っ…ふ……ぅっ…」

充分に馴らされていないその場所は、いつも以上にきつく、狭く、そのぶん蘭生の身体に負担がかかる。しかし、それでも健気に紘輝自身を奥へ奥へと受け入れようと、忙しなく蠕動《ぜんどう》を繰り返しながら、徐々に徐々に、緩んでいく。

身体の奥まった場所いっぱいに紘輝の昂ぶりを受け止め、零れる喘ぎを口づけに攫われながら、蘭生は襲いくる喜悦に溺れてゆく。紘輝だけが与えてくれる、気の遠くなるほどの、甘く激しい悦楽の瞬間。

覚えてしまった快感に、身体は流され施される行為に溺れても、しかし、蘭生の心は、決して流されてはいなかった。

不安を掻き消すように紘輝の背に縋り、もっともっと乱れてみせる。


もっと欲しい。

もっと深く欲しい。

もっと激しく、抱いて欲しい。

欲望に濡れた男の瞳に映るのは、今は、自分だけ。

それに安堵して、蘭生は頂《いただき》にまで押し上げられた意識を、一気に解放した。

「はぁ……あ…あぁ…あ――――っっ！」

失墜感に飛ばしかけた意識が、力強い確かな存在によって引き戻される感覚。

体内に弾ける灼熱。

同時に絶頂を迎えた二人は、急速に冷えてゆく汗に体温を奪われながらも、しかし、白く曇った荒い息を吐き出しながら、互いの身体を抱き締め、随分と長い間動くことができなかった。

# SCENE 7

世紀を跨《また》ぐ大晦日《おおみそか》。

午前中いっぱいまで大掃除を手伝わされ、さらに午後からは買い物に荷物持ちとして同行させられる。

いまどき元旦からだってスーパーは開いているのだから、何もこんなにたくさんまとめ買いする必要もないだろうと蘭生は思うのだが、しかし、そんな正論もこの母には通じない。

蘭生は相変わらずパワフルな母に辟易《へきえき》していたが、キースは何をしていても楽しそうだ。

顔は母親似だが、内面はどちらかといえば物静かな父親似の蘭生は、この、少女のような見た目で、それでいてなかなかに切れ者な母親を、しばしば持て余していた。

しかし、今日は、キースが一緒の分、母の興味が分散してくれて、随分と気楽だ。

——ママの買い物、長いんだよ。

ゲッソリと溜息を吐きたい気分の蘭生は、ここへきてはじめて自分が、母のことを「ママ」と呼んでいることに気づいた。

日本に帰ってきてからは、極力呼ばないようにしていた呼び名だ。

いまどき、母親のことを「ママ」と呼ぶ子供も少なくはないだろうが、しかし、蘭生の場合、発音が本場なだけに、それすらもからかいの対象になってしまったのだ。

ただでさえ注目をあつめていた小学校入学当時。藺生がそれまでの自分を曲げてでも日本の環境に馴染もうと、変えたもののうちのひとつが、母親の呼び方だった。

——キースに引っ張られちゃったかな。

幼いころは、自分もキースと同じように「ママ」と呼んでいたのだから、仕方ない。少しくすぐったいような気持ちにかられながら、しかしそれもいいかと思い直した。

そして、先日のキースの言葉を思い出す。

——環境……か。

確かにキースの言うとおりかもしれない。

そうして、与えられた環境に順応した結果が今の自分なのだ。

何も不満などないはずなのに……納得できない自分。

優しい両親、頼れる史世の存在、そして紘輝……。

それなのに……。

それなのに、今の自分を愛することもできず、置かれた状況を嘆く自分。そんな自分をやっぱり嫌悪して、藺生は小さく溜息を吐いた。

買い物から帰ってきてからも、母の行動力は鈍らない。

「蘭生ちゃん！　鏡餅飾《かがみもち》ってきて」

大きな鏡餅を母に持たされ、蘭生は仏間《ぶつま》に足を踏み入れた。

「カガミモチ？」

蘭生の後ろについてきたキースが、物珍しさに目を輝かせる。

『お正月飾りのひとつだよ。いろいろ謂《いわ》れがあるみたいなんだけど…実は僕もあんまり詳しくないんだ』

『日本ってホント面白いね』

『イギリスだって歴史の長い国じゃないか。興味深い文化はいっぱいあるよ』

床《とこ》の間《ま》に鏡餅を飾りながら答える。二段重ねの丸餅の上に載せる橙《だいだい》が上手く安定しなくて転がってしまうのを、どうにか載せて、蘭生は満足げな笑みを零した。

『今晩は、年越し蕎麦《そば》を食べて、除夜《じょや》の鐘を聞いて、初詣に行くんだよ』

『夜中に出かけるの？』

ダイニングに戻ると、母が蕎麦を茹《ゆ》でている。

『その家によるだろうけど……うちは年が明けてすぐに近所の神社にお参りに行って、それから初日の出を見に出かけるんだ。でも、日が昇ってから初詣に行く人もいるし……地方によっても風習が違うしね』

蘭生の日本文化の説明に興味深げに聞き入っていたキースは、ややあってポツリと零した。

「僕が日本に来ちゃおうかな……」

『え？　何？』

『何でもないよ』

そして、今度はキッチンに立つ母に蕎麦の謂れなどを尋ねはじめた。

楽しげに会話する母とキースの後ろ姿を眺めながら、蘭生はホッと肩の力を抜く。ここのところ、連日出かけているためにちょっと疲れが溜まっているようだった。

――紘輝……どうしてるかな。

ふっと脳裏を過ぎる、紘輝の姿。

さすがに今日くらいは、姉たちと家族水いらずの大晦日を迎えているのだろうか。

史世は、夕方ごろ出かけて行った。

多分、恋人のマンションで年末年始を過ごすつもりなのだろう。

――まさか……紘輝と一緒なんてこと、ないよね。

いまだに晴れない疑惑に、蘭生は表情を曇らせる。

母とキースに気づかれないように、蘭生が小さな溜息を吐いたとき、玄関チャイムが鳴って、少し疲れた声が聞こえてきた。

「ただいま〜」

「パパだわ！」

嬉しそうに微笑んで、母が玄関に出迎える。

年末まで研究室に詰めていた多忙な父が帰宅して、やっと篁家の年越しがはじまった。


自室で、どこからか聞こえてくる除夜の鐘を聞きながら、蘭生は携帯からメールを入れた。

〝あけましておめでとう〟

一言だけ。

世紀を跨ぐ瞬間。今このときを、一緒に過ごせない切なさが伝わることを祈って。

新世紀には、いつも一緒にいられることを願って。

これからくる未来の日々を、共に過ごせることを夢見て。

もしかしたら、本当に夢で終わってしまうかもしれないという不安を抱えながら、蘭生は新年を迎えた。

ここ数年、安曇野家の大晦日は、いつも静かだ。

年末年始の防犯のため、警視庁に勤める長姉・茅浪《ちなみ》はほとんど家に寄りつかず、次姉の茅紘《ちひろ》は茅紘で大学の仲間たちと連日連夜飲み歩き、この時期、夜中まで帰ってこない日のほうが多い。

仏壇に明かりを灯《とも》し、新しい仏花を飾る。亡き母の仏前に線香を立ててから、肌を刺すほどに冷え切った道場で、紘輝は独り、精神統一をはかっていた。

邪念を振り払い、精神力を高め、己自身と戦う。

史世から、突如現れた金髪の幼馴染が、藺生をロンドンに連れて帰りたがっているらしいことを知らされ、底知れぬ不安が心を覆い尽くそうとするのを感じた。

できることなら、縛りつけ監禁してでも、自分以外の人間の目から隠してしまいたい。そんな凶暴な欲望が湧き上がってくるのを感じて、自分の心の弱さと暗さに吐き気がする。

誰が悲しんでも誰が泣いても、蘭生を自分ひとりのものにしてしまいたい、獣じみた衝動。

「試されているのは、お前だ」

史世に釘を刺された。

自分を呼び出しては報告していく史世に、紘輝は己の力不足を痛感する。

自分はまだ、完全に信頼されてはいないのだ。

この十一年間、蘭生を守ってきた保護者から。

信頼も思い出も、何もない自分に残されているのは、底知れぬ愛情だけ。燃え滾るこの想いだけは、誰にも負けない自信がある。

しかし、己の欲望に根差す狂おしいまでの激情で、蘭生をがんじがらめに縛りつけるだけの資格が、自分にあるのだろうか。何も考えられないほどに自分だけを見ていろ！　と言えるだけの、果たして自分は甲斐性《かいしょう》のある男だろうか。

そう考えて、紘輝は膝の上に置いた拳を、更に強く握り締めた。掌に爪が刺さるほどに拳を震わせながら、紘輝は心を覆う暗い感情と、戦っていた。


じっと道場で神棚《かみだな》を睨みながら、除夜の鐘を聞く。

一つ一つ洗われてゆく、煩悩《ぼんのう》。

一つ一つ浄化されてゆく、欲望。

しかし、百八つの鐘が鳴り終わっても、紘輝の心を覆うどす黒い嫉妬心は、決して晴れることはなかった。

部屋に残された携帯に、メール受信を知らせる電子音が鳴り響く。

薄暗い部屋に、液晶のバックライトの明かりだけが、妖しく浮かんでいた。

## SCENE 8

漂う線香《せんこう》の匂いと、境内《けいだい》中に響く読経《どきょう》。

賽銭《さいせん》を投げ入れながら、願ったものは、たったひとつ。

——愛されたい。

ただそれだけだった。

こんな不安定な、不信と不安に満ちた心を抱えたまま、新年を迎えてしまったことに、なぜだか罪悪感を感じて、蘭生は苦笑する。

最近では晴れ着をきて初詣に出かける人も少なくなってきた。

有名な神社ではあまりの人出に、前に進むことさえできない有り様なのだ。そんななかで祈ったところで、神聖性が薄れてしまうような気がするのは、蘭生だけではないだろう。

今年はキースがいるのをいいことに、恋人気分で二人で初詣に出かけて行った両親は、羽織《はおり》袴《はかま》に晴れ着という組み合わせで、とても華やかだった。

結婚の早かった蘭生の両親は若いだけに、そんな恰好をすると、新婚ほやほやの若夫婦のようにも見える。

「蘭生ちゃんも着物きたらいいのに。可愛いわよ、きっと」

押し入れの奥から、いつの間に作ったのか、蘭生の着物を出してきて迫った母を、蘭生はたしなめたしなめ、丁重に辞退させてもらった。今の蘭生は、とても晴れ着をきて新年を祝えるような心理状態ではない。母に申し訳ないと思いつつも、曖昧に笑って、適当な理由を取り繕った。

そしてキースを連れて向かったのは、有名な神社などではなく、近くにある八幡宮《はちまんぐう》だった。

とはいっても、歩くこともままならないような混雑ではないが、そこそこの人出はある場所だ。

もちろん出店も並んでいる。

新しい年への期待に、明るい顔で参道を行き交う人々を眺めながら、蘭生はなんとも言えない所在ない感覚に囚われていた。

本当に自分はここにいていいのだろうか…。

ここに自分の居場所はあるのだろうか…。


キースにせがまれておみくじを引く。

『何て読むの？』

流暢な日本語を話せるキースでも、さすがにこの独特の書体と文体では、読解できないようだ。

『やった！　キース、大吉だよ』

「ダイキチ？」

『一番ハッピーってこと。今年はキースにとって、いい年になるみたいだね』

キースに、引いたおみくじは折りたたんで、神社の木の枝などに結んで帰るのだと教え、蘭生は自分の分も開いてみた。

『ユウは？』

できるだけ高い枝におみくじを結んで満足気な顔で、キースが尋ねる。

『吉だって』

「キチ？」

『可もなく不可もなくって感じ…かな』

それはまるで、右左《みぎひだり》、どちらに転がるかわからないと告げられているようで、蘭生はハッとさせられる。

——不安定に揺れてる、今の僕の心ってことか……。

そんなことを考えて、蘭生は薄く笑い、すぐそばに伸びていた枝に、おみくじを結びつけた。


『ユウ、変わったね』

清浄な空気の満ちる神社の石段を下りながら、キースが呟く。

以前にも同じことを言われたが、今回は軽く受け流すことができない。

キースが言おうとしているのは、見た目のことではなく、もっと本質的な問題だということは、蘭生にもわかっている。

『昔は、そんなふうに笑ったりしなかった』

『キース……』

『誰に遠慮してるの？　なぜいつも目を伏せて笑うの？　もっと胸を張っていいのに、なんで…？』

キースの記憶のなかの蘭生は、真っ直ぐな瞳でくったくなく笑い、誰にでもその愛らしい笑顔を惜しみなく振りまく少年だった。蘭生を知る誰もが蘭生を好きだったし、蘭生自身もそれを自覚していたはずだ。

それなのに、十一年ぶりに会った蘭生は、いつも何かに遠慮しているかのように目を伏せて静かに笑う。愛らしい笑顔を眼鏡の奥に隠し、本当の自分を曝《さら》け出すことを恐れている。

欲しいものは欲しい、好きなものは好きと、ハッキリと自分の意志をもっていた少年のころとは、まるで別人のようだ。

キースには、今の蘭生が、蘭生の本来あるべき姿だとは、到底思えなかった。

環境に順応した結果、本来の自分を殺してしまったとしか思えない。

『ユウ……ロンドンに帰ろう』

『……え？』

『ユウにはロンドンのほうが合ってるよ』

キースの言葉に、蘭生は動揺を隠せない。それは、蘭生自身が、いつも心のどこかで感じていた、身の置き場のなさからくる違和感そのものだったからだ。

『日本に来たことで、蘭生が変わってしまったのだとしたら、今の環境が蘭生に合っているとは思えない』

確かに、あのまま日本に戻ることなくロンドンで育っていたとしたら、今とは全く違う人格の自分に育っていたことは間違いないだろう。

日本に帰ってくるまで、人に囲まれることが怖いと感じたことはなかったし、それがたとえ知らない人であったとしても、会話することが苦痛だと感じたことなどなかったのだから。


あの当時、蘭生は日本になど帰りたくはなかった。見たこともない母国。イギリスで生まれ育った蘭生にとっては、たとえ国籍が日本だろうと、懐かしむべき故郷はロンドン郊外の静かな街であって、決して日本ではない。

しかし、だからといって、日本が嫌いなわけではない。

馴染むまでに時間はかかったが、日本での生活は気に入っているし、史世のおかげで淋しい想いもしなかった。そして何より、今の自分には紘輝がいる……。

——紘輝……。

ふいに、紘輝と史世が並んで立つ姿を思い浮かべ、藺生は口を噤《つぐ》んでしまった。

美しく自信に満ちていて、誰もが振り返るその圧倒的な存在感。藺生のなかに思い描かれる史世は、自分にないものをすべて持っているように思えてならない。

紘輝が史世に心変わりしたのだとすれば、自分には到底太刀《たち》打ちすることなど敵わないことだ。

史世のように際立って美しいわけでもなく、誰もがその足元に平伏すような魅力に溢れているわけでもない。年上の恋人をも手玉に取る史世の妖艶さは、藺生にも理解できた。

史世がただの優しい幼馴染ではないことにも、何となく気づいている。

そんな、強さもしたたかさも、藺生が憧れてやまない、史世の魅力のひとつだった。

それに比べ、誉められるところといえば成績くらいで、特に目立つ存在でもない自分。

生徒会長に当選し、校内人気投票で一位になって、オーロラ姫役に選ばれても、しかし、藺生には自分への周りの評価を正しく理解することはできなかった。

三つ子の魂百までも。

幼いころにいったん植つけられた価値観を覆《くつがえ》すことは、容易《たやす》いことではない。いつもいつも史世に守られ、史世の背中を見、史世の後を追いかけてきた藺生にとって、史世という存在は、絶対に超えられない大きな壁となって藺生を押さえつけていた。

決して史世がそれを望んだわけではなく、藺生自身が望んだわけでもない。しかし、幼いころからの、守り守られる二人の関係が、いつの間にやら藺生の心に壁をつくってしまったのだ。

史世自身はそのことに早くから気づき、責任を感じていた。

だからこそ、無理やりにでも藺生を会長選に出馬させ、会長職に収めた。愛されることによって、自身の価値と存在意義に気づき、藺生の目がこれ以上自分を追わなくてもいいようにと、紘輝の求愛に戸惑う藺生の背を押してやった。

そうして少しずつではあるが、藺生の藺生自身への価値観は変化を見せはじめていたはずだった。

しかし、そうそう簡単にいくはずがない。

紘輝と史世の仲を誤解したことで、癒《いや》されはじめていたはずのコンプレックスが、再び藺生の心を覆いはじめてしまったのだ。

困ったときには史世が助けてくれた。苛めっ子からも守ってくれた。史世がいなかったら、六歳の藺生は「ロンドンに帰る！」と、毎日泣き喚いていたかもしれない。

――あっちゃんがいてくれたから……。

史世がいれば絶対に大丈夫という想いが、いつの間にやら史世には絶対に敵わないというマイナス感情を帯びはじめていたことに気づいて、藺生は愕然とする。

――僕は、あっちゃんを妬《ねた》んでる。

認めたくはない負の感情。

嫉妬心。

それを、もっとも身近な愛すべき人物に対して持ってしまったことに気づいて、藺生のコンプレックスはますます刺激され、藺生を落ち込ませた。

――見苦しい。

恋人の心をとどめておけないのは、自分に魅力がないからだ。それを自分とは比べものにならないほど魅力溢れる人物に取られたからといって、なぜ責めることができるだろう。

そう思うと、藺生はますます自分が嫌になり、心を覆う黒雲はどんどん広がってゆくばかりだった。

『ユウ？』

押し黙ってしまった藺生に、キースが心配げに声をかける。

『キース……』

『何?』

『昔の僕のほうが魅力的だったと思う?』

『……ユウ?』

揺らめく瞳に、藺生の心の葛藤《かっとう》を読み取り、キースは青い瞳を瞬かせる。

『僕も、そう思うよ。いつもいつも思ってた。嫌いだった。自分に自信がなくて後ろ向きで、あっちゃんがいないと何もできなくて…。日本に帰ってきて、人と話すのが怖いって感じてしまったときに、すべては狂ってしまったんだと思う。だけど……』

きゅっと噛み締めた唇は濡れ、赤く腫《は》れている。

『ユウ……ユウが戻りたいなら、戻れるよ、昔のユウに』

『昔の僕……?』

澄んだ青い瞳が優しい色を帯びる。

『一緒にロンドンに帰ろう。おじい様のところで一緒に勉強すればいい』

幼いころの自分は誰に対しても開放的で、街中の人から好かれ可愛がられていた。みんなが自分に声をかけてくれた。みんなが自分に笑いかけてくれた。あのころの自分に戻れたら……あるいは紘輝の心を繋ぎ止められるかもしれない。

『ユウ……』

「え？」

視界を遮る、金色。

あっと思ったときには、蘭生の唇はキースのそれによって塞がれていた。

軽く触れただけで離れた熱に、蘭生は言葉もなく目の前の幼馴染を見詰めてしまう。

弟のような存在だったキース。しかし、いつの間にやら自分より大きく逞しく育ち、男の目をして自分を見ている。

『ユウが好きだよ。だから一緒にロンドンに帰ろう。僕なら、絶対にユウを泣かしたりしない』

『キース……』

『ゆっくり考えてくれていいよ。だけど、そのほうがユウのためだと、僕は信じてるから』

そう言って、キースは蘭生の背を押し、歩きはじめた。

震える指先で、そっと唇に触れ、キースの言葉を噛み締める。

――好き？　僕のことが？

一瞬浮かんだ紘輝の顔が、蘭生を責めているような気がして、蘭生は小さく頭を振る。

背を抱く腕は逞しく力強くても、しかし、それは、蘭生が望んでやまないたったひとりの腕ではない。

蘭生が欲しているのは、たったひとり、蘭生を奪いがんじがらめに縛りつけて離さない、貪欲な男の腕だけだった。

## SCENE 9

夜の公園。

いつもは先についている紘輝の姿は、まだない。

ブランコを揺らしながら、昼間のキースの言葉を反芻《はんすう》してみる。

紘輝の心を繋ぎ止められるなら、どんなことでも厭わないと思う反面、しかし、今日本を離れる気には到底なれない。

紘輝の側を離れるなんて……あの腕の温もりを手放すなんて……今の藺生には想像もつかないことだった。

自分を変えたいと願いつつも、現状を変えることに怯える自分。

——惨めだな。

知らず知らず溜息が零れて、藺生はますます落ち込んでいく自分を感じていた。


『ここで待ち合わせしてたんだ?』

ジャリッと砂を踏む音がして、公園の入り口方向からかけられた声に、蘭生は伏せていた顔を上げた。

『キース……どうして』

『あいつを待ってるの？　こんな寒いなか、蘭生を待たせるなんて、許せないな』

言っている言葉は軽くても、口調からはどこか尖ったものを感じる。いつもとは違うキースの様子に、蘭生は戸惑いを隠せない。

長いストライドで蘭生の前まで歩み寄ると、キースは蘭生の細い肩を掴み、ブランコから立ち上がらせ、ガクガクと揺さぶりながら叫んだ。

『あんなやつ、ユウには似合わない！　何でそんな顔であいつを待つ？　ユウにこんな顔させるようなやつなのにっ⁉　ユウは笑ってなきゃ駄目だ！　それなのに……っ‼』

キースの言葉のひとつひとつが蘭生の心に突き刺さる。

――そんなに酷い顔してるんだろうか……？

妙に冷静にそんなことを考えて、蘭生はキースを仰ぎ見た。

キースを受け入れたら…もしあのままロンドンにいてキースを愛せていたら…自分はこんなに心乱されることもなかったのだろうか？

『キース…ゴメン……』

――でも、好きなんだ。それでも愛してるんだ。

どんなに不安でも辛《つら》くても、自分に人を愛する素晴らしさや切なさを教えてくれたのは、紘輝だった。はじめは強引に奪われたのであっても、それでも、結局、自分がそれを望んだのだ。

蘭生の言葉からすべてを感じ取って、キースは打ちのめされる。

『くそっ！』

小さく毒づいて、次の瞬間、荒々しく蘭生の唇を奪った。

それは昼間されたような触れるだけの軽いものではない。深く深く貪るような口づけ。想いのたけをぶつけてくるキースに、蘭生の抵抗はアッサリ封じられ、細い腰は抱き寄せられる。

『駄目…だよ……キース…離して……』

『ユウ、愛してる』

『キースっ！』

再び深く口づけられて、抵抗を封じられる。

蘭生を抱き寄せるキースの腕が強まったそのとき、静まり返った住宅街に、エンジン音が響き渡った。

爆音とも轟音ともとれる大きな音を響かせたままのバイクから、長身が降り立つ。

「紘輝……」

「やっと登場か？　いったい何分の遅刻だ？」

普段は時間に几帳面な紘輝が待ち合わせに遅れてきたからには、それなりの理由があるのに違いない。しかし、今は遅刻の理由など、関係なかった。

可愛らしい少年時代のキースの面影を引きずったままの蘭生が、驚くような辛辣《しんらつ》な口調。

「キ、キース⁉」

そこにいるのは記憶のなかの幼い少年ではなかった。

そのきつく輝く青い視線を真っ向から受け止めるのは、黒い瞳。静かな…しかし確かに怒りの色を滲ませた強い瞳は、いつもいつも蘭生が魅入られて動けなくなってしまう、王者の魅力に溢れた強い瞳だ。

「紘輝、これは…っ」

キースの腕を振り払い、紘輝に駆け寄ろうとした蘭生を、キースが引き止める。そして、先ほどまでと同じように、華奢な肩を抱き寄せた。

「お前は本当にユウを愛しているのか？　本当に幸せにできるのか？　ユウはいつもいつも泣いている。怯えている。不安がっている！　全部お前のせいでだっ！」

キースの言葉に、蘭生は打ちのめされたように目を見開いた。

泣いてなんかいない。そう反論したかった。しかしそれは、肉体的に涙を流していないという だけで、心ではいつもいつも大粒の涙を流し続けていた蘭生にとって、容易く否定することのできない言葉だった。

心を覆い尽くす不安と葛藤。

自分自身を卑下し、辛い辛いと泣いている蘭生の心の叫びを、ほんの数日で感じ取ってしまったキースの鋭さに、蘭生は驚きを隠せない。

ギリッと紘輝が歯軋《はぎし》りする。

自分には気づいてやれなかった蘭生の嘆き。それを目の前の男は、当然のことのように指摘する。拳は血の気を失って白くなるほど強く握り締められ、紘輝はただ無言でキースの罵倒《ばとう》を受けつづけていた。

静かで、長閑なはずの夜の公園に、張り詰めた空気が流れる。

「何も言えないのか?」

キースの嘲った声が紘輝を襲う。

「当然だな。全部本当のことだ。お前にはユウを包み込めるだけの度量はない! ユウは僕が貰う。ロンドンに連れて帰るよ」

その言葉に弾かれたように肩を揺らした紘輝が、大股にキースに歩み寄ると、力ずくで藺生を取り戻した。強く曳かれて、藺生は紘輝の胸に倒れこむ。

「藺生は俺のものだ。誰に譲る気もない」

細い身体を折れるほどに強く抱き締め、紘輝はキースを睨む。

「大事なのはお前の気持ちじゃない。ユウの気持ちだ」

返されて、紘輝は口を噤んだ。

「日本の男はゴーマンだな。尊重されるべきはお前の気持ちじゃなくて、ユウの気持ちだろう⁉」

その言葉に、紘輝は薄く笑って応えた。

「ああ、お前の言うとおりだな。俺はゴーマンな男だ。でなけりゃ力ずくで奪ったりしない」

「貴様っ！」

キースに胸倉を掴まれても、紘輝は憮然とキースを睨んだまま、藺生を離そうとはしない。左腕に藺生を抱いたまま、胸倉を掴むキースの手首を捕らえると、片手で捻《ひね》り上げた。

「――――っ！」

骨の軋むような痛みに、キースが顔を歪める。しかし、キースは次の瞬間には紘輝の腕を外し、反対に今さっきキースの腕を掴んでいた紘輝の腕を、捻り上げた。

鮮やかなその手つきに、武道の心得を見て取り、紘輝の眉がピクリと反応する。

「空手と合気道だ」

紘輝の疑問を読み取って、キースが答えた。

紘輝の腕を振り払えたのであれば、なかなかの腕前だ。

そうとわかれば、遠慮はいらない。

なるほどという顔をして、紘輝は掴まれていた腕を払い除けると、再び、今度は容赦なく捻り上げる。そして、突き飛ばすようにキースを押し退け、蘭生を抱いたまま、踵《きびす》を返した。

「ひ、紘輝っ⁉」

力強い腕に抱かれ、抗うこともできない蘭生が不安げな声を上げる。

「今晩は外泊だ。こいつの親にそう言っておけ」

痺れて動かない右腕を擦《さす》り蹲《うずくま》るキースに、吐き棄てるように言うと、紘輝は蘭生に無理やりメットを被せ、タンデムシートに抱き上げて座らせた。そして、エンジンをかけたままだったバイクに跨り、荒々しくアクセルを回す。

タイヤを軋ませる音を響かせて、バイクは急発進した。

# SCENE 10

「痛いっ！　離せってばっ！　紘輝っっ!!」

蘭生の罵声などものともせず、紘輝は蘭生の腕を掴んだまま自宅の玄関を開ける。リビングに明かりが点っていないことで、この家に二人以外の人間がいないことが窺い知れた。

そのまま二階の自室へ連れ込むと、おもむろに蘭生の身体をベッドに投げ出す。

冷たいシーツの上に倒れ込みながら、蘭生は理解しがたい恐怖に身が竦むのを感じていた。

薄暗い部屋。差し込む月明かりに、紘輝のシルエットだけが浮かび上がる。乱暴にグローブを抜き去り、革のライダージャケットを脱ぎ捨てると、紘輝はベッドに歩み寄った。

「紘輝!?」

肩をシーツに押さえ込まれ、ただならぬ空気に蘭生が掠れた声をあげる。力のこもった手で掴まれた薄い肩は、今にも折れてしまいそうに軋んで痛い。

「あいつにどこまでさせた？」

「……え？」

低く呻くような声で聞かれ、身体が強張る。

「あいつにどこまでさせたんだっ!?」

その言葉の意味するところに気づいて、藺生はすぅっと血の気が下がるのを感じた。

「な……に……？」

あまりの衝撃に、唇が戦慄《わなな》き、言葉が紡げない。

「なに……言って……」

視線が泳ぐのがわかる。いつもは魅入られて吸い込まれそうになる黒い瞳に、どす黒い怒りの色を見て取って、藺生は恐怖に肩を竦ませる。

今自分を見下ろしているのは、いつもの優しい紘輝ではない。

甘く温かい口づけをくれる、愛しい男ではない。

嫉妬に狂ったケダモノに見据えられて、藺生は金縛りにあったように指一本動かせなくなってしまった。

「あいつに抱かれて、随分とよさそうだったじゃないか」

蔑む言葉に、それまで凍りついていた身体が弾かれたように反応する。

パシンッ！

怒りに潤んだ瞳で紘輝を睨み、唇を震わせる。

しかし、叩かれた頬を押さえることもせず、紘輝の拘束は緩まない。

「邪推されるようなことは何もないっ！　僕とキースは……」

「じゃあ、キスしてたのも挨拶だとでも言うのかっ⁉　ふざけんなよっ‼」

怒鳴られて、蘭生はビクリと身体を強張らせた。

嫉妬に駆られ、恋人の不義理を責める男には、相手を思いやる気持ちは欠片もなく、あるのはただただ煮え滾る激情だけ。

それによって恋人がどれほど傷ついているかなど、今の紘輝には気遣う余裕などありはしなかった。

紘輝の激昂《げっこう》に、蘭生は心が冷えてゆくのを感じていた。

——どうして？

こんなふうに気持ちを疑われなくてはならないのか？

あんなに悩んで悩んで、それでも紘輝を愛していると自覚する自分の気持ちを、なぜ疑われなくてはならないのか？

何を言っても、今の紘輝は聞き入れてはくれない。

「……だったら？」

諦めたような、静かな声が零れた。

なぜこんなことを言ってしまったのか、蘭生にもわからない。一瞬、史世の顔が脳裏を過ぎったような気がしたが、しかし、蘭生は気づかない振りを決め込んだ。そして、気づいたら、零れるように口をついて出ていたのだ。

「キスしたよ。ロンドンに帰ろうって誘われた。それもいいかなって思ってる。僕にはロンドンのほうが合ってるんだ」

震える唇を宥めすかし、必死に悪びれる。

「……ホンキで言ってんのか？」

「キースは優しいよ。どっかの誰かみたいに無理やり犯《や》ったりなんか絶対にしないっ！」

つまり、自分がキースを受け入れたとしたら、それは自分が望んだことなのだと、暗に含ませ、自分を押さえつける男を睨む。

揺らめく大きな瞳が、狭量な男を容赦なく責める。

「……そうかよ」

自嘲《じちょう》気味な、吐き棄てるような呻き。

「俺よりあいつのほうがいいのかよっ！」

「――――――――――っっ!!」

冷えた空気を引き裂くような音と共に、蘭生のシャツが引き裂かれ、ボタンが弾け飛ぶ。

喉もとに噛みつかれて、蘭生は声にならない悲鳴を上げた。

「い…や…っ」

恐怖に竦む身体を叱咤し、逃げようともがくが、押さえ込まれた身体はピクリとも動かない。

――嫌だ嫌だ嫌だ嫌だ――――っ！

「嫌ぁ――――っっ！」

絞《しぼ》り出すような声で叫んだ蘭生に、我を忘れた紘輝の平手が飛ぶ。

バシッ！

「――っ！」

瞼の裏に星が飛ぶような痛みに、意識が遠のきかけ、蘭生は抵抗する意志すら奪われた。殴られたという衝撃が、四肢を固まらせる。

荒々しく衣類を剥ぎ取り、労りの欠片もなく身体を暴かれる。恐怖に縮こまった欲望を大きな手に握り込まれ、思わず喉が鳴った。ヒクリと喘いだ蘭生に、紘輝が薄く笑う気配が伝わってくる。

大きく下肢を割られ、乱暴に指が侵入してくる。濡らされていない器官は、指一本の侵入も拒み、苦痛を訴えた。

「痛…いっ」

「嘘つくなよ。気持ちいいの間違いだろ？　お前のここは喜んで男を咥《くわ》えこむんだ」

ぐりっと指を蠢《うごめ》かされて、蘭生の背が撓る。

「ひっ…ぁ…あ…っ」

心では拒んでいても、紘輝に馴らされた身体は、次第に反応を見せはじめる。自分でそういうふうに仕込んでおきながら、紘輝はそんな繭生の反応にすら、気が遠のくほどの嫉妬を覚えた。

「この身体で、あいつに抱かれたのか？」

「ちが…っ」

「お前は絶品だからな。この身体ならどんな男もタラシ込めるだろ？」

「そんなことしてな…っっ！　や…あぁ…っ！」

蔑む言葉に言い返そうにも、煽られる身体はどんどん熱を帯びてゆく。はじめ固く拒んだ蕾は綻び、今や紘輝の指三本を咥え締めつけている。握りこまれた屹立の先端からはトロトロと蜜が零れはじめ、繭生がこの乱暴な行為に感じていることを知らしめていた。

「くそっ！」

自分でもコントロールできないほどの激情を持て余し、紘輝はただただ繭生を責めることしかできない。

幼いころから武道によって精神修行を積んできた自分には、並大抵のことには動じないだけの懐の深さがあるのだと、ずっと信じて疑わなかった。

誰よりも大きな愛情で、はじめて心の底から欲しいと願った愛しい存在を、包み込み守ってや

れるのは自分だけだと自負していた。

それなのに！

それなのに、今の自分は何をしているのだろう。見苦しい嫉妬に駆られ、恋人を責め、殴り、あまつさえ強姦に及んでいる。

二度としないと誓ったはずだった。

蘭生の嫌がることは、絶対にしないと……。

それなのにっ‼

涙に潤む瞳が、自分を責める。

卑怯者！

甲斐性なし‼

いつも何かに遠慮するように控えめに微笑む蘭生を、守ってやりたかった。自分の腕の中だけでもいい、心からの笑顔で笑って欲しかった。

過去も未来も、もちろん今も、どんな蘭生も愛している。蘭生自身が嫌っている蘭生のすべてを、自分は愛しているのだ。自分に自信の持てない蘭生のコンプレックスも、生真面目で可愛げのない口調の数々も、どれもこれも、紘輝にとっては、愛してやまない蘭生のすべてなのだ。

——逃げるなよっ！

「俺から逃げるなっ！」

激情に突き動かされ、紘輝は猛《たけ》った欲望を乱暴に突き入れた。

「ひぃ――――っ！」

仰け反った蘭生の白い喉から、息を呑むような悲鳴が迸る。

乱暴な侵入。

乱暴な抽挿。

労りのない行為に蘭生が意識を飛ばすまで、紘輝は蘭生の身体を離しはしなかった。


冬の遅い朝焼けが窓から差し込み、蘭生は瞼を瞬かせる。

大きな窓から差し込む朝日に、意識が覚醒へと向かう。

視界に見慣れたシルエットを見とめて、蘭生は一気に瞼を押し上げた。

心配げな表情で見下ろす黒い瞳。その中には、昨夜のような暗い激情はなく、審判を待つ罪人のように控えめだ。

しかし、それが逆に蘭生の怒りを再燃させた。

後悔している。

紘輝が自分を無理やり犯したことを後悔していることを敏感に感じ取って、蘭生は理不尽な怒りに襲われた。

優しく髪を梳いていた手を乱暴に振り払い、ベッドから身を起こす。途端下肢を襲った鈍い痛みに眉を顰《ひそ》めながらも、昨夜剥ぎ取られた衣類を探そうとして、自分が二回りも大きなトレーナーとスウェットを身につけていることに気づいた。

そのまま無言でベッドを降りようとしたところを、後ろから抱き止められる。

「無理するな」

優しく腰を抱き寄せられ、掴まれた二の腕から男の高い体温が伝わってくる。しかし、いつもは蘭生の頑《かたく》なな心を蕩《とろ》かすだけの行為も、今の蘭生にとってはすべて逆効果だった。

「無理するなだって？　ふざけんなよっ！　自分が何したか、わかってるんだろ⁉」

その言葉に、悲しげに眉を寄せ、目を伏せる男に無性に腹が立ち、蘭生は紘輝の腕を振り払うと、部屋を飛び出した。

「蘭生っっ！」

慌てて追いかけてきた紘輝に玄関を出たところで捕まってしまう。

「離せよっ！」

「落ち着けよ。俺が悪かったから……」

「馬鹿にするのもいいかげんにしろよっっ!! 謝ればそれで済むとでも思ってるのかっ!? 僕が最初のときに許したから? 何をしても僕が許すとでも思ってるんだったら、大間違いだっっ!!」

その言葉に怯んだ紘輝の拘束が緩んだ隙に、蘭生は身を翻した。

悔しかった。

どうしようもなく。

はじめて紘輝に身体を奪われたとき、その乱暴な行為を紘輝は謝らないと言い切った。欲しかった。抱きたかったと、真っ直ぐな瞳で告げてくれた。

それなのに、今の紘輝は、自分の取った行動を否定している。そのことが、酷く蘭生の心を傷つけていた。

身を切るような朝の冷たい空気が頬を突き刺したが、そんなことを気に留めている余裕はなかった。

だから、気づかなかった。

忘れていた。

住宅街の路地を抜けると、大通りに出ることを。

交通量の多いその道路には、横断歩道はなく、歩道橋しかない。道路脇にはいつもどこかに、故人に手向《たむ》ける花が飾られているような……そんな大きな通りに、気づいたときには飛び出していた。

あっと思ったときには、鳴り響くクラクションの音。

近すぎるそれが、自分に向けられたものなのだと気づいたときには、視界いっぱいにトラックが迫っていた。

「蘭生――――――――っっ!!」

自分を呼ぶ悲痛な声が紘輝のものだと気づいて、振り返ろうとしたとき、全身を衝撃が襲い、温かい何かに包まれる。

そして、次の瞬間、蘭生は意識を失った。

# SCENE 11

蘭生……蘭生……。
呼び声にフワリと身体が軽くなる。
——僕を呼ぶのは誰？
遠くに見える光に向かって手を差し伸べると、大きく広がった光に全身を包まれた。
——温かい……。
この温かさを、自分は知っている。
——何だっけ……？
思い出そうとすると、頭が痛んだ。
そして……、
「う…っ」

「蘭生？　蘭生ちゃん⁉」

視界に映るのは、心配気な母の顔。

「ママ……」

「蘭生ちゃん！　よかったっ！」

「先生、先生！　蘭生が…息子の意識が…っ！」

蘭生の手を握り締め、涙ぐむ母の後ろで、廊下に飛び出してゆく父の後ろ姿が目に入った。

「僕は……」

白い壁、白い天井。寝かされているのはベッドで、ここが病院であることにすぐに気がついた。

身を起こそうとして、母に止められる。

「駄目よ。頭を打ってるかもしれないから」

全身に鈍い痛みとだるさはあるものの、たいした怪我はなさそうだ。

——確か、トラックが突っ込んできたと思ったんだけど……。

トラックに轢《ひ》かれて、こんなかすり傷で済むわけがない。記憶違いだろうかと考えて、母の言葉に硬直した。

「ホントに……高校生にもなって道路に飛び出すなんて……安曇野君が庇《かば》ってくれなかったら、どうなってたか……」

——アズミノクンガカバッテクレナカッタラ……。

「……ママ、今何て……？」

耳鳴りがするほどに、心臓が煩く脈打つ。

「え？」

「誰が庇ったって⁉」

ベッドから起き上がり、母の肩をゆする息子の切羽詰った様子に、母はたじたじと答える。

「安曇野君が……」

「……そんな……っ」

愕然とする息子の様子に、母も言葉を失う。

「どこ？」

「え？」

「紘輝はどこ⁉」

ベッドから降り、ふらつく足取りでドアに向かった息子を、母が慌てて止めようとする。

「繭生ちゃん⁉」

そのとき、ドアが開き、病院には不似合いな華やかな美女が姿を現した。

「茅浪さん……」

繭生の母に会釈をし、紘輝の長姉・茅浪は繭生に視線を戻す。

「紘輝は…紘輝はどこですかっ!?」

悲痛な蘭生の声に、茅浪は優しく微笑み、蘭生の背をポンポンと叩いてくれる。

「大丈夫よ。落ち着いて」

心配げな蘭生の母を「大丈夫ですから」と制し、茅浪は蘭生の背を支えながら、紘輝の病室へ案内した。

同じ階の廊下の端の個室。促されて恐る恐る部屋に入ると、ベッド脇のスチール椅子に、茅紘が腰掛けていた。

「蘭生くん…。よかった、気がついたのね」

「紘輝は……?」

「まだ麻酔が効いてるみたいでね。もうそろそろ目を覚ますと思うわ」

ベッドに横たわる紘輝は、額に包帯を巻き、パジャマの襟元からも包帯が覗いている。

その姿に、蘭生の全身から血の気が失せ、ガクガクと身体が震えはじめる。

顔面蒼白で自分を抱きかかえるようにして震える蘭生に茅紘が椅子を譲り、茅浪がゆっくりと蘭生を座らせた。

「紘輝……」

シーツの上に出された腕には点滴の針が刺され、そこかしこに血の滲んだ擦り傷が見える。

その手を握り締め、蘭生は大きな掌に頬擦りした。すると、昨夜、紘輝に殴られた頬がピリリと痛んで、蘭生は果てしない後悔と自責の念に胸を締め付けられる。

「ゴメン……ゴメっ…こんな……」

後は涙に掻き消されて言葉にならない。

肩を震わせる蘭生に、茅紘が優しく声をかける。

「大丈夫よ。こいつは頑丈にできてるんだから。アバラの二本や三本や四本や五本折れたくらいで、くたばったりしないわ」

「だって…頭の怪我はっ？」

「生え際《はえぎわ》を五針ほど縫ったけど、この程度、ハクをつけるにはちょうどいいわよ」

腕組みをしたまま、茅浪がニッコリと微笑んだ。

「茅浪さんまで、そんな……」

「死ぬような大怪我じゃないんだから、大丈夫よ。ね！　ほら、蘭生くんがそんな顔してたら、紘輝が目を覚ましたときに悲しむわ。笑っててやって」

どんなに軽口を叩いていても、たったひとりの弟を可愛がる姉たちの言葉には、労りがある。

しかし……。

姉たちは知らないのだ。なぜ蘭生が道路に飛び出したのか。なぜ紘輝が蘭生を庇わなくてはならないようなことになったのか。その原因を……。

自分のせいで紘輝にこんな大怪我をさせてしまった蘭生は、ひたすら自分を責めることしかできない。紘輝を怒らせる原因をつくったのは自分。素直に不安な気持ちを告げていたら、こんなことにはならなかった。


「…ぅ……っ」

握り締めていた手がピクリと動き、ややあって紘輝の瞼がゆっくりと開く。そして、誰よりも先に蘭生をその視界に見とめると、安心したように微笑んだ。

「怪我、ないか？」

アバラを折っているために、呼吸も声を出すのも苦しいのだろう。掠れた声で問われて、蘭生は途端視界が曇るのを感じた。

「馬鹿っ！　僕のことなんか気遣ってる場合じゃないだろっ」

「お前が無事なら、それでいい」

「……っ」

「……すまなかった」

握り締めた手が、握り返してくる。

蘭生はただただ、頭を振ってそれに応えた。

温かい、大きな手。

意識を失う寸前に包まれた温かいものは、あれは紘輝自身だったのだ。紘輝が身を呈して助けてくれた。でなければ、蘭生は今ごろどうなっていたか、想像するだけで恐ろしい。

「全治三カ月とは言っても、すぐに帰れるわ。アバラなんて本来骨折のうちに入らないんだから」

茅紘が、蘭生を安心させるように言ってくれる。

実際、スポーツ選手などのなかにはアバラを折ったくらいは怪我には入らないと豪語する者も多い。モータースポーツなどでも、アバラを折るくらいは日常茶飯事だ。

「でも……」

そうは言われても、蘭生の不安は消えない。

「蘭生くんが看病してくれれば、すぐに回復するわよ。鍛え方が違うもの」


しかし、丸く収まりそうだったその場を、冷たい声が引き裂いた。

「それは、駄目だ」

驚いた一同が病室のドアを振り返ると、見惚れるほどの美貌に冷ややかな怒りを張りつかせ、史世が立っている。

その後ろには、キースの姿。

「藺生は連れて帰る。ここには置いておけない」

「あっちゃん……?」

ツカツカとベッドに歩み寄ると、紘輝の手から引き剥がし、藺生を抱き寄せた。

「もうお前に、藺生は任せられない」

ベッドに横たわる紘輝を冷ややかに見下ろし、史世は冷たく言い放った。

「ま、待って、あっちゃん。紘輝が悪いんじゃ……」

「全部あいつから聞いたよ」

後ろのキースをチラリと見やり、すぐさま紘輝に視線を戻す。

「お前なら藺生を守れると思ったから、託《たく》した。なのに、何だこのザマはっ⁉ くだらない嫉妬で藺生を悲しませたうえに今度は事故だと? 誰が許しても俺が許さないっ!」

「あっちゃん! 違う…違うんだ…っ!」

最初に嫉妬したのは自分のほう。醜《みにく》い感情に囚われて、最初に紘輝の愛情を疑ったのは自分のほうだったのに……。

藺生の必死の言葉も、今の史世には伝わらない。

蘭生を失うかもしれない恐怖が、史世にいつもの冷静さを失わせていた。


六歳の蘭生に出会う、ほんの少し前。

史世は悔やんでも悔やみきれない後悔をした。

小さな手。

愛らしい笑顔。

「お兄ちゃん」と呼ぶ甲高《かんだか》い笑い声。

一瞬にしてそれらすべてを失った。

後悔しても、人の命だけは取り戻すことはできないのだ。それを、史世は七歳のときに知った。

自分の失態で、小さな命は失われたのだ。

あのときの恐怖や喪失感は、十年以上経った今でも、色褪せることなく史世の心に焼きついている。

だからこそ、誓ったのだ。

今度こそ、絶対に守ろうと。蘭生の手を離すまいと。

「お前なら、俺以上に繭生を守れると思ってた。俺はお前を買い被ってたようだな」

ベッドに横たわる怪我人相手でも、史世の罵倒には容赦がない。何も言い返せない紘輝を冷ややかに一瞥し、史世は繭生の肩を抱いたまま、病室を出ていこうとする。

「あっちゃん！　僕は……っ！」

「騒がないで。ここは病院だよ。検査が済んだらすぐに帰ろう。家のほうが落ち着くだろう？」

いつもの優しい幼馴染の顔で、繭生に微笑み、しかし有無を言わせぬ強さでその背を押した。

「随分と過保護だこと」

茅浪の脇を通り過ぎようとした瞬間、からかうような声がかけられて、史世は歩みを止めた。

「後で後悔したくありませんから。お宅こそ、番犬の躾《しつけ》ができていないようですね」

その言葉に、茅浪は尻上がりの口笛を吹いて応えた。

クスクス笑いながら史世の嫌味を受け流す茅紘をも睨みつけ、史世は乱暴に病室のドアを閉めた。

# SCENE 12

「蘭生……怒ってる？」

優しく髪を撫でる手の感触に、蘭生は小さく首を振った。

史世に抱きかかえられるようにして帰ってきて、そのままベッドに押し込まれ、仕方なく布団を被った。軽い打ち身と精神的疲労から身体は休息を欲しているようだったが、しかし、冴えた脳は眠ることを拒否していた。

自分を抱きかかえるようにして布団に包まり、時計の針の音だけを聞いていると、ぐるぐると悪いことばかりを考えてしまう。

様子を見に来た史世は、すぐに蘭生が眠っていないことに気づいた。

「あっちゃんに連れて帰ってもらってよかったよ」

布団の中からくぐもった声が告げる。

「蘭生……」

「紘輝にあんな怪我させて…のうのうと一緒にいていいはずなかったんだ。僕が飛び出したりしなかったら…あんな……っ」

小刻みに震える布団の上から背をさすってやると、堪えるような啜《すす》り泣きは、いつしか嗚咽《おえつ》へとすりかわり、繭生は止めどなく溢れる涙に、枕を濡らした。

果てのない、後悔。

果てのない、激情。

心を覆うのは、たった一人への、煮詰まった思いだけ。


ややあって落ち着きを取り戻すと、繭生は頭まで被っていた布団から顔を出し、濡れた頬を拭うと、意を決したように言葉を吐き出した。

「あっちゃん、ごめんね。それから、ありがとう」

「繭生…？　何を……」

「僕、キースと一緒にロンドンに行く」

強い意志を秘めた瞳は濡れてはいたが、しかし、迷いは見られない。

「繭生……ちょっと待って…どういう……」

「僕は自分が嫌いなんだ。大好きなあっちゃんにさえ卑屈になって、嫉妬して。自分に自信がないばっかりに、紘輝の気持ちまで疑って、このザマだよっ！　このままじゃ駄目なんだ！　自分を変えないと、僕はもう……っ」

シーツを握り締め、血の滲むほどに唇を噛み締める。

「僕はもう、紘輝に愛される資格なんて、ない」

「蘭生っ！」

責めるような厳しい呼び声にも、蘭生は瞳を上げなかった。そのかわりに吐き棄てるように言った。

「あっちゃんにはわからないよ……」

「……どういうこと……？」

史世の問いにも、蘭生はひたすら頭を振る。

「あっちゃんにはわからないいっっ!!　僕の気持ちなんて絶対にっっ!!」

厳しい拒絶の言葉とともに、激しい後悔と切なさとに濡れた瞳が上げられ、史世を見据えた。

今まで、絶対に出してはならないと押しとどめていた、負の感情。後ろ暗い、汚い感情。それらのすべてを、蘭生は史世にぶちまけたのだ。

史世に対するコンプレックスと紘輝への切ない想い。それらがない交ぜになって爆発した結果が、これだった。

どうしようもない不安と葛藤。ゆるぎない愛情が欲しくて、でも、与えられるものすべてを真っ直ぐに受け止められないジレンマ。

それは蘭生の心の弱さが引き起こした、陰と陽とのせめぎ合いのジレンマだった。

史世に求められるままに、紘輝に愛されるように、常に陽の自分であり続けたいと願う一方で、本当はいつもいつも史世を妬み、紘輝の愛情に不安を感じ、自分という存在に自信を持てない陰の自分。

誰だって、自分の負の部分には蓋《ふた》をして、できるだけ見ないように気づかないように生きていけたらいいのにと思っているはずだ。自分のなかの負の部分を認めるということは、自分自身を否定することにもなりかねない。

それが不安で、人はそれを避けて通ろうとするのだ。

しかし、気づいてしまった毒は、薗生の心を苛み、笑顔すら奪って、薗生の感情を汚染する。

紘輝と史世の関係も、最初のときに聞いてしまえば、こんなに醜く嫉妬することもなかったはずだ。

紘輝は自分を愛してくれている。

史世も、紘輝の愛情とは別次元の愛で、自分を想ってくれている。

その二人が自分を裏切るはずなどなかったのに…それなのに、自分は二人の気持ちを疑ってしまったのだ。

醜い自分。

醜い、心。

本当に汚れきってしまう前に、負の自分に気づかれて嫌われてしまう前に、消え去ってしまいたかった。

「ロンドンに行けば変われるっていうの?」

史世の冷たい声にビクリと肩が揺れる。

「……変われるよ」

「嘘!」

即答されて、藺生の語気が荒くなる。

「変われるっ!」

「変われやしない! そんな簡単に、人間は変わることなんてできやしない!」

「———っ!」

「変われやしないんだよ、藺生っ」

史世の言葉は真理だろう。しかし、今の藺生には、変われないことイコール、紘輝に愛される資格がないという結論に行き着いてしまう。

「あっちゃんは、自分を変えたいと思ったことがないんだね」

すべてを諦めたような声。

乱暴に布団を捲り、自嘲気味に口元を歪めて、藺生が身を起こす。そして、涙に濡れた瞳で、史世を見た。

「自分に自信があるから…自分を否定したことがないから…だから…だからわからないんだよっ!!」

蘭生の厳しい指摘に、史世は眉根を寄せ、固く噤んだ唇を震わせた。

自分の犯した罪がいかに根の深いものであったか……いかに蘭生の心を歪ませていたのか……今になって思い知ることになろうとは……。

ただよかれと…蘭生を守りたい一心でしてきたことが、これほどまでに蘭生の心を曇らせる結果になろうとは……。襲いくる後悔と自責の念に、史世にはそれ以上、何も言うことができなかった。


カチャリと小さな金属音がして、蘭生の部屋のドアが開けられる。静かに姿を現したキースは、ベッドに蹲り泣く蘭生に歩み寄ると、そっとその肩を抱き寄せた。

今まで、ずっと史世のものだった役目。それを奪われて、史世は唇を噛む。

「キース……」

暗がりにも眩い金髪に目を細めながら、蘭生が呟く。

「僕…変われるよね？　昔に戻れるよね!?」

「ユウ……」

そんな二人に史世が口を開きかけたそのとき、低い声が、響いた。


「変わる必要なんかない」

ガタンとドアに何かがぶつかる音がして、三人はドアを振り向いた。

「何も、変える必要なんかないだろ」

そこには、頭に包帯を巻いたままの紘輝が、壁に背を預けるようにして佇んでいた。

「ひ、紘輝っ！」

「安曇野……お前、どうして……」

苦痛に顔を歪めながら、体重を預けていた壁から身を起こし、藺生の座り込むベッドへと歩み寄ろうとする。全治三カ月。普通なら、起き上がることさえ困難なはずだ。

「や…やめ……こないで……」

キースの腕を振り払い、藺生はベッドの上を後退る。

「安曇野っ！　お前……無茶だっ！」

「黙ってろっ！」

地を這うような一喝《いっかつ》に、さすがの史世も口を噤む。

抱き締めていた腕を振り払われたキースも、二人のやりとりを見守るしかできない。

紘輝の視線の先にあるのは、不安と恐怖に打ち震える、愛しい愛しい、恋人の姿。

涙に濡れた瞳を曇らせ、誰の愛情も信じられなくなって怯えている、たったひとりの恋人の姿だった。

「何が不安だ？　何に怯える？　俺はお前を愛している。何度もそう言ったはずだ」

「……ぁ……ぁ……っ」

ベッドの上を後退りながら、蘭生はただただ頭を振りつづける。溢れる涙を散らしながら、柔らかい髪を振り乱しながら、震える唇を噛み締め、言葉にならない嗚咽を零しつづける。

「そんなに俺が信じられないか？　そんなに自分が信じられないのか⁉」

「……ぅ……く……っ」

「絶対に守ってやる、絶対に幸せにしてやる。俺はそう言ったはずだっ‼」

身勝手な言い草だとわかっていて、それでも紘輝は強い口調で言う。

力ずくでも引き戻さなければ、今の蘭生はますます自ら作り出した殻に閉じこもってしまう。

際限なく自分を否定しつづけてしまう。

最後の一歩を踏み出し、紘輝の包帯だらけの腕が薗生の腕を捕らえた。

「い……いや……ぁ……っ！」

身を竦ませ、紘輝の腕から逃れようと、震え、力の抜けた身体で、必死に抵抗する。

「薗生っ！　俺を見ろ！　俺の目を見るんだっ!!」

「いやっ！」

──駄目だ駄目だ駄目だっ！

それだけは、絶対にできない、最後の砦《とりで》。

今、その瞳に囚われたら、すべてが元の木阿弥《もくあみ》なのだ。

「離せ……っ！」

「くっ……！」

闇雲《やみくも》に暴れた薗生の腕がどこに当たったのか、当の薗生にはわからなかったが、しかし、薗生を拘束していた紘輝の手が細い腕から離れ、ベッドサイドに紘輝が蹲る。

「あ、安曇野っ！」

二人のやりとりを傍観するしかできないでいた史世が駆け寄る。

「平気だ」

「平気なわけないだろう！　病院に戻るんだ！」

しかし、制止する史世の腕を振り払い、紘輝は続ける。

「蘭生……俺は絶対にお前を手放さない」

見据える、強い瞳。

咄嗟《とっさ》に視線を外し、蘭生は顔を背けた。

「ロンドンになんか行くな」

「………っ!」

「行くなよ」

紘輝の言葉から耳を塞ぎ、蘭生は立てた膝に顔を埋めるようにして弱々しく頭を振る。

「蘭生……」

紘輝が胸を押さえながらも蘭生に手を伸ばそうとしたそのとき、背後から冷静な声がかかった。

「ユウは連れていくよ」

それまで二人のやりとりを黙って見ていたキースが、割って入った。

豪奢な金髪の奥から、冴え冴えとした青い瞳が、蘭生に詰め寄る男の背中を見据えている。

「お前のそういう態度がユウを追い詰めるんだ。それがわからないのか?」

嫌味なほどに流暢な日本語が、紘輝を責める。

「追い詰める?」

「そうだ。過剰な愛情は束縛になる。過ぎた想いは重荷だ。感情のバランスが取れなければ、いずれ亀裂が入るのは目に見えている」

腕を組み、紘輝を見下ろすキースの冷淡な表情には、藺生の知っている少年のころの面影は欠片もない。そこにあるのは、容赦なく恋敵《こいがたき》を追い詰める、一人の男の姿。

「ユウは、昔の自分に戻りたがっている。今に満足できないでいる。ユウをそんなふうにしたのは、他でもない、あんただ！」

佇む史世を一瞥し、何か言いたげな表情をしてみせた史世を無視すると、再び視線を紘輝に戻す。

「そして、お前は愛情という鎖でユウを縛りつけようとする。愛しているという言葉で、すべてが許されるわけじゃない！」

キースの正論に、史世も紘輝も返す言葉はない。しかし、史世にとっては、日本に帰国してからの藺生が藺生であり、紘輝にとっては、高校入試で出会ってから後の藺生が藺生なのであって、ロンドンにいた六歳までの藺生がどんな藺生だったかなど、関係ないことだ。

そしてもちろん、どんな藺生も藺生であり、本質までもが変わっているとはとても思えなかった。

「本当に藺生が変わってしまったのだとしたら、それは他の誰でもない藺生自身の問題だ。だが俺には、あんたが言う蘭生も、今の蘭生も、どこが違うのかわからない」

「……何？」

思いもかけない紘輝の言葉に、キースの表情から余裕が消え去った。

「話にならないな。お前はユウのこと、何一つわかっちゃいないってわけだ」

「そうかもしれない。だが、俺にとっては今の蘭生が、俺の知ってる蘭生そのものだ。俺が愛したのは、他の誰でもない、今目の前にいる蘭生だ」

「……ユウは納得してない」

二人のやりとりを聞きながらも、蘭生はシーツを握り締め、顔を伏せたままだ。

「だからこそ、自分を変えたいと願ってる」

真実を突いたキースの言葉に、蘭生はさらに強くシーツを握り締めた。

静寂が、重い空気をさらに重くする。

いつの間にやら浮かんだ月が、冷え切った冬の夜空に綺麗に浮かび上がり、差し込む月光が濃い影を落とす。

下がりはじめた室温に、蘭生の華奢な背が震え、紘輝もまた、熱を持った身体から体温が奪われてゆくのを感じていた。

「……出てって……」

小さな掠れるような呟きが、静寂に終止符を打つ。

膝に顔を伏せたままの状態で、藺生はくぐもった声を発した。

「独りにして」

膝を抱えて震える藺生に、史世もキースも、そして紘輝も、手を差し伸べることはできなかった。

SCENE 13

「藺生には、決められない」

史世が呟く。

「俺がそういうふうにしてしまった」

愛するあまり、守ろうとするあまり、奪ってしまった自信と自我。

「そんなことはない」

「安曇野……？」

「花邑、あんたあいつを何だと思ってる？　あいつも男で、あんたの跡を継いで立派に生徒会長を務め上げるだけの器を持ってるんだ。あいつはもう、しっかりと自分自身の足で立ってる。ただ、それに気づいてないだけだ」

階下で心配そうに待ちうける藺生の両親にそっとしておいてもらえるように頼み、三人は篁家を出た。

「保護者公認の脱走か？」

玄関脇に停められた車の運転席に茅浪の姿を見とめ、史世が呆れた声を上げる。

「躾のなってない馬鹿犬なものでね。言ってもきかないのよ」

三人を振り返りもせず、開け放った車窓から煙草の煙を立ち昇らせながら、茅浪が応える。

それに肩を竦めることで応え、史世は苦笑いを零した。

「ちゃんと治せよ。じゃないと蘭生が泣く。言っておくが、蘭生を二度も強姦したことに関しては、俺は許したわけじゃないからな」

腕組みをして言う史世に肩を竦めて見せ、口の端を上げてニヤリと笑う。そして、紘輝はキースに視線を向けた。

「空手をやっていると言ってたな」

「あぁ、お前にひけは取らないつもりだ」

それに満足げに頷いて、紘輝はとんでもないことを言い放った。

「道場に来い。お前が勝ったら、俺はもう何も言わない。蘭生の好きにさせる」

「あ、安曇野っ⁉」

紘輝を止めようとする史世を片手で制して黙らせ、紘輝は言葉を続けた。

「だが、俺が勝ったら、お前はひとりで帰れ。蘭生は俺が説得する」

賞賛とも嘲りともつかない甲高い口笛を吹いたのは、茅浪。弟の無謀な申し出に、さすがの姉も肩を竦め、髪を掻き上げる。

「……馬鹿な……。お前、自分の怪我の程度をわかっているのか？」

キースも怪訝な表情を隠せない。

「自分のことは自分が一番よくわかってるさ」

決してよいとは言えない顔色で、しかし、紘輝は笑ってみせる。全身を覆う打撲と擦り傷。アバラの骨折。それにともなう発熱で、普通の人間ならベッドから身を起こすことさえままならない状態で、無謀な賭けを持ちかける男を、キースは理解できない。

負ければ、最愛の恋人を他の男に連れ去られるかも知れないというのに、目の前の男は怯む様子もない。

それどころか、メラメラと立ち昇る気迫とオーラに、圧倒されそうになる。それは確かに、戦うことを知る男のみが持ちうる、独特のオーラだ。

——強い。

戦う前から、キースはゾクリと背を駆け昇る悪寒のようなものを感じて、歯を食いしばった。

「そこまで言うなら、いいだろう」

キースも、ここで引くわけにはいかない。

目の前に立ちはだかる男を倒さなければ、藺生を手に入れることはできないのだ。

そして、もちろん紘輝も、藺生を手放す気など、欠片もなかった。

「話はついたの?」

静かな声が停められた車の運転席から聞こえて、二人は振り向く。

「乗りなさい」

——まさか！

驚いた史世が顔を上げる。

「い、今からっ⁉」

史世の声などまったく無視して、二人は車に乗り込む。

——何て馬鹿だっ！

内心思いっきり毒づきながら、史世はやおら、門扉を殴りつけた。

「勝手にしろっ！」

史世の罵声は、エンジン音に掻き消され、大きな月の浮かぶ夜空の下、車は走り去った。


「ホントにいいのね？」

主審の茅浪が最後の確認をする。副審は茅紘。

互いに胴着に身を包み、道場で向かい合う。

茅浪の問いかけに、紘輝は黙って頷いた。

「OK！　わかったわ」

弟の覚悟を確認し、茅浪も姉から武道家へと気持ちを切り替える。

「寸止めなし、一本勝負！　はじめっ！」

静かな睨み合いのなか、戦いの幕は、切って落とされた。


「蘭生が後悔しないなら、それでいい」

控え目なノック音とともに部屋に戻ってきた史世の言葉に、ピクリと小さく肩が揺れた。

「あいつは怪我をおしてここまで来た。蘭生のためにあんな無茶をしてここまで来たんだ。それだけは忘れちゃ駄目だよ、蘭生」

冷え切った指先が、シーツに皺を寄せる。

小さく溜息を吐いて、史世は意を決して言葉を紡いだ。

「蘭生は、僕にはわからないって言ったね。蘭生の気持ち、僕にはわからないって……」

「……」

「でも、蘭生にも僕の気持ちはわからないはずだよ。僕だけじゃない。安曇野の気持ちも、キースの気持ちも…わかるのは自分自身だけだ。だからこそ、人はわかり合おうと努力するし、すれ違って辛い思いをしたりもする。けど、仕方ないんだよ。みんな別々の人間なんだから」

「………」

「蘭生は、安曇野に想いを伝える努力をした？　本当の気持ちを伝えた？　まだ何も言えてないんじゃないの？　ホントにそれでいいの？」

「……っ」

ポタリポタリと透明な雫《しずく》がシーツに落ち、染みをつくる。それが徐々に大きくなって、蘭生は堪えきれない嗚咽を洩らしながら、肩を揺らした。

「…き…だ…」

「蘭生？」

「好きだよ…紘輝が、好き……離れたくない……っ」

大粒の涙を零しはじめた蘭生の頭を抱き寄せ、史世は安堵の笑みを零した。

乱れた髪を梳いてやりながら、子供のころよくしてやったように強く強く抱き締めてやると、白い手がしがみついてくる。

「やっと言ったね」

史世のシャツをぎゅっと握り締め、蘭生は小さく頷く。

「そのセリフ、あいつにちゃんと言ってやらなきゃ。鼻の下伸ばして大喜びするぞ、きっと」

蘭生の背を擦りながら言う史世のおどけたセリフに、クスリと小さな笑みを見せ、蘭生は涙を拭う。

そして、真っ直ぐに史世の目を見て、言った。

「ゴメン、あっちゃん。嫌なこと、いっぱい言って。でも、あっちゃんがいてくれてよかったと思ってるのはホントだから…だから……」

「わかってる」

コツンとおでことおでこをぶつけ合い、二人は微笑んだ。

「僕は、蘭生のお兄ちゃんなんだからね」

「……うん」

「これからもずっと、蘭生の世話を焼くんだから」

「うん」

そして、ひとしきり笑い合った後、史世はハタと大事なことを思い出した。

「あぁっ!!」

「あ、あっちゃん?」

「こんなことしてる場合じゃないよ！　蘭生、早くっ！　着替えてっ！」

「へ⁉」

「こんなことしてる間に、あいつノされちゃってるよっ！」

「えぇ⁉」

このときの史世の脳裏には、道場に倒れこむ紘輝の姿が浮かんでいた。

# SCENE 14

表通りでタクシーをひろい、二人が安曇野家に着いたときには、紘輝とキースが篁家を出てから、優に一時間近くが経っていた。

挨拶もそこそこに上がりこみ、藺生の案内で自宅から続く渡り廊下を伝って、道場へ駆け込む。

都内とは思えないほどの敷地を有する安曇野家は、自宅の隣に平屋の道場が建てられているのだ。

「紘輝っ！」

「安曇野っ！」

二人がほぼ同時に道場に飛び込んだとき、そこは、張り詰めた糸のような緊迫感に満ちていた。

「――――っ！」

睨み合う二人はジリジリと間合いを詰めながら攻撃の隙を窺う。あるレベル以上になれば、勝負は一瞬。しかし、先ほどから二人はことごとくお互いの攻撃をかわし、刺しては睨み合い、一向に勝負の行方が見えない状況が続いていた。

冷え切った真冬の道場だというのに、二人の身体を滝のような汗がしたたり落ちる。

じっと二人の動向から目が離せない審判の茅浪と茅紘も、頬を伝う汗さえ拭えずにいた。

張り詰めた空気に動けなくなった蘭生の目の前で、二人が組み合う。腕の骨と骨がぶつかり合うような、なんとも嫌な鈍い音がして、蘭生は耳を塞ぎたい衝動に駆られた。

しかし、自分が逃げることは許されない。

まるで金色の獣と黒い獣が睨み合うような、獰猛な空気のなか、蘭生は瞬きも忘れて、その光景に見入っていた。

紘輝の胴着の合わせ目から覗く、身体のほとんどを覆い尽くすような包帯の白さが、蘭生の胸を締め付ける。

平気なわけがない。痛み止めもとうの昔に切れているはずだ。

それなのに、紘輝はまるで怪我などしていないかのようにキースと渡り合い、その強さを見せつけていた。

しかし、時折僅かに眉を顰める。

それが、紘輝の体調が完璧でないことを、唯一蘭生に知らしめていた。

——勝って。

ただひたすら願う。

――勝って、「行くな」ともう一度言って欲しい。

自分勝手な想いだとわかっていながら、しかし、藺生は願っていた。

もう一度「行くな」と言ってくれたら、そうしたら、今度こそ、素直に頷いてみせる。今度こそ、素直に自分の気持ちを告げよう。

「うぐ……っ」

低い呻き声が聞こえて、藺生はハッと意識を二人に向ける。

先ほどまで互角に戦っていた紘輝が、今は防御一方に甘んじていた。

苦しそうな表情から、彼の容態が悪化していることに気づいて、藺生は思わず身を乗り出す。

――紘輝…っ⁉

しかし、後ろから史世に肩を掴まれ、止められた。

「駄目だよ」

「でも……っ！」

「あいつがやるって言い出したんだ。それなりの覚悟はできてるはずだ」

「そんな……」

そうは言っても、紘輝の怪我は決してかすり傷などではない。充分に重傷と診断されるべき大怪我なのだ。これ以上無理をしたら、どんな後遺症が残るか知れない。

紘輝はこの道場の跡取りで、将来を嘱望《しょくぼう》されている武道家で……こんなところで自分のために無理をしていい身体ではない。

「紘輝っ！」

蘭生の声に、一瞬ピクリと紘輝の背が反応したように見えた。しかし、二人はまた睨み合い状態に入っている。

「勝てよ！　絶対、勝って！　でないとホントにロンドンに行くからな！　もう二度と日本になんか帰ってこないからな！　お前とだって、もうこれっきりだからなっ!!　だから――勝てよっ!!」

自分には何もできなくて、苛立ち、逸る心が、思わず口を吐いて出ていた。

ゼェゼェと肩で息をしながら一気に捲くし立てて、蘭生は紘輝の背を睨む。

目の前の敵を見据えながらも、恋人の罵声とも声援とも取れる声に耳を傾け、紘輝は薄く笑った。

「そいつは、困るな」

小さな、呟き。

それにキースが一瞬「？」と意識を向けた瞬間、紘輝の拳がキースを捕らえた。

ガシッッ!!

骨の軋むような鈍い音と共に、キースの身体が板の間に倒れこむ。したたかに背を打ちつけて、低く呻いた。

そして、静寂。

「一本!」

主審・茅浪が高らかに紘輝の勝利を告げる。

その一声を聞いた瞬間、紘輝は満足げな笑みを見せ、短く息を吐き出した。

滴る汗に濡れながらも輝く、勝利の笑み。

獰猛な光を宿す瞳は、とても怪我人のものとは思えない。

が、しかし、すぐにガクリと片膝をつき、その場に崩れ落ちてしまった。

「紘輝っ!」

自分も一緒に脱力しかけていた蘭生は、紘輝の様子に慌てて駆け寄る。

抱き起こすと、真っ青な顔で紘輝は浅い呼吸を繰り返していた。触れた手の冷たさに、蘭生はギクリと身を強張らせる。

「勝ったぜ」

しかし、自身の身体のことなど構わず、蘭生を見上げると、ニヤリと笑った。

「紘輝……」

そして次の瞬間、糸が切れたように意識を失い、ガクリと繭生の胸に倒れ込んだ。

「紘輝っ!? 紘輝っ!!」

繭生の悲痛な声が道場に響く。

「茅紘! 病院に連絡して! 車出すわ!」

茅浪の指示に茅紘が道場を出てゆく。

「おい! 手を貸せ!」

繭生のうしろから駆け寄った史世が、倒れ込んだものの意識はハッキリしているキースを呼び寄せる。

下がりはじめた体温が、紘輝の容態の悪さを、告げていた。

# SCENE 15

「二度とこんなことしたら、責任持てませんからね!!」

翌日、なんとか容態を回復させた紘輝は、二人の姉ともどもこっぴどく医者からお叱《しか》りを受け、病院のベッドに舞い戻っていた。

とはいっても、神妙な顔で医者のお小言を聞いているのは当の紘輝だけで、二人の姉はまさに右から左状態。これくらい肝《きも》が据わっていなければ、重傷の弟の脱走に手を貸したりはしないだろう。

その賞賛にも値する豪気さに、看護婦たちからも呆れられ、年配の婦長には「男の子は元気なのが一番だけど、でも限度ってものがあるでしょ!」とたしなめられてしまった。

普段から、ただでさえ二人の姉のパシリ状態の紘輝は、身に染み込んだフェミニズムから、ことん女には弱く、女医にも看護婦たちにも言われっ放しだ。

ムスッとした顔でそれらのお小言を聞き流し、それでも邪険にすることのできない自分に苛立つ。

「嫌なら追い出せばいいのに」

クスクス笑いながら言った藺生に、しかし、紘輝は「悪いだろ」と短く応えた。

女医はともかく、看護婦たちは、実のところ、このなかなかにハンサムな高校生の入院患者に興味津々なだけなのだ。

いかにもキツそうな二人の姉が付き添っているときには怖がって寄りつかないのだが、彼女たちがいなくなった途端に、かわるがわる病室を訪れては、茶々を入れてゆく。

しかも、昨日一緒に病院に運ばれてきた、綺麗な少年が付き添っているとなれば、妖しい話題も花盛りというわけだ。

よもや自分が目の保養にされ、お茶うけ話のネタにされているなどと思いもよらない蘭生は、かわるがわる訪れる看護婦たちに構われながら、ニコニコと紘輝の看護の仕方のレクチャーなどを受けている。

この病院に運び込まれたとき、蘭生の身体がどんな状況にあったのか……その後のドタバタで、当の本人がそこまで頭が回っていないのが、救いだ。その白い肌に、紘輝との情事の痕跡を色濃く残したままの状態で蘭生は病院に運ばれたのだ。それがどういう結果を産んだのか……蘭生は気づいていないらしい。

蘭生が紘輝に笑いかけるたびに、その直後のナースセンターでは看護婦たちがピンク色の話題に花を咲かせているだろう事実を、紘輝はどうしても言えないでいた。

「……いいかげん我慢も限界だ」

紘輝が音《ね》を上げたのは、病院に運ばれて三日目。

「限界って……」

「帰る」

「何言ってるんだよ！　寝てなきゃ駄目だ！」

リンゴを剥いていた蘭生が小さく睨む。かいがいしく世話を焼いてくれるのはいいが、果物ナイフを持つ手つきさえあぶなっかしくて、紘輝はハラハラし通しだ。

不恰好なリンゴは、それでも今まで食べたどんなリンゴよりも美味しく感じられたから、愛情というのは不思議なものだ。

八等分したリンゴの二切れ目を蘭生の手で口へ運んでもらい、紘輝は照れ隠しに憮然とした表情をつくりつつも、半分ほどをかじる。残った半欠片ほどを自分の口へ運びながら、蘭生は微笑んだ。

「こうしてるのも、悪くないと思うけど？」

眼鏡の奥の目が、まるで新しい玩具を見つけた子供のような悪戯《いたずら》な色を滲ませる。

確かにそうなのだが、こう外野の目が煩くては、蘭生といちゃつくこともできやしない。紘輝にとっては、自分の怪我のことよりも、そっちのほうが問題だった。

——何とかしてさっさと退院してやる。

熱を測ったり、花瓶の水を取り換えたりと、クルクル動き回って紘輝の看病をする蘭生を眺めながら、紘輝は考えを巡らせていた。


「ほんっとに知らないからな！」

蘭生の罵声を右から左に聞き流し、翌日、紘輝は無理やり退院してしまった。

茅紘の通う大学の付属病院だったこともあって、顔のきく教授に口添えしてもらい、どうしてもと頼み込んで、二日に一度の通院を条件に退院させてもらったのだ。

「大袈裟なんだよ、病院は」

自分で歩いて階段を上り、自室のベッドに横になった紘輝は、飄々とした顔でそんなことを言う。

「よく言うよ。気ぃ失って倒れたくせに！」

蘭生の怒りの双眸も受け流し、紘輝は肩を竦めた。

客間から布団を運んできた蘭生に、紘輝が怪訝な顔をする。

「何だ?」

「何って……看病するのに泊まり込むんだよ。茅浪さんにも頼まれてるし」

「要するにお目付け役ってことか?」

「そーゆーこと」

大袈裟に溜息を吐いた紘輝に、蘭生が楽しげな笑い声を上げる。

公官庁に長い正月休みなどあるわけがなく、茅浪は仕事に行き、茅紘は研究室と大学の往復。自宅に帰ったところで紘輝の面倒を見られる人間などいないわけで、蘭生が休みの間泊まり込むことにしたのだ。

愛息子を救ってくれたヒーローに、最近ますますご執心の蘭生の母は、「うちに来てもらえばいいじゃないの〜」と残念がったが、やはり自宅じゃないと落ち着かないと紘輝が辞退した。

親の監視下では、病院以上に気が抜けない。

しかも、相手があの母親では、容易にバレかねないのが恐いところだ。

いや、すでにバレているような気がしないでもないのだが……。

そして蘭生も、自宅にはいたくない理由が、あった。

「あいつは?」

静かな声で聞かれて、蘭生は戸惑ったような表情で振り返る。

「明日、帰るって」

「そうか……」

紘輝との戦いに敗れ、キースは約束どおり、ひとりでロンドンに帰ると言った。

「キースは弟みたいなものなんだ。一緒に育って、一緒に遊んで…だから……」

紘輝に対する愛情とは違う、深く優しい感情。

何があってもそれは消えることはないだろう。


『好きだよ』

キースの言葉が蘇る。

幼馴染なんかじゃない。恋愛対象として蘭生を想っていると、ハッキリと告げたキース。

しかし……。

『返事はいらない。わかってるから。でも、僕は諦めない』

ニッコリ微笑んで、蘭生を病院に残し、帰って行った。

「あいつ、何て?」

「紘輝の顔見たらまた殴りたくなるからって、花だけ置いて帰ったよ」

全部を話そうかと迷って、そんなふうに答えた。でもきっと、紘輝は気づいているはずだ。

『あの試合。あいつが本調子だったら、僕なんか一発でノされてたよ。あいつは強い。腕っ節だけの問題じゃなくね。蘭生が好きになるの、わかるから』

そう言って、すこし淋しげに微笑んで去って行った背中を、蘭生は見送ることしかできなかった。

「見送り、行ってきていい?」

それに頷いて、紘輝は意地悪い笑みを見せる。

「二度と来るなって言っておけよな」

そして、ベッドサイドに腰かける蘭生を引き寄せ、二人はやっと誰に遠慮することもなく、深く甘い口づけを交わした。

## SCENE 16

「…ん…っ」

貪り合うような口づけに、欲情を煽られる。

ベッドサイドに手を突いて体重を支え、紘輝の口づけを受けていた蘭生は、突然支えを失って、紘輝の胸に倒れこんだ。

紘輝が、体を支えていた蘭生の腕を引き寄せたのだ。

「ちょ…っ、あぶないっ！」

すんでのところで、紘輝の胸に手をつくことだけは免れたものの、紘輝の腰を跨ぐように胸の上に抱き上げられてしまう。

「だ、駄目だよ！」

紘輝の身体を気遣い、身体をどけようとした蘭生を、紘輝が引き止める。

「大丈夫だ。この体勢ならお前の体重は下半身にしかからないさ」

背中に大きなクッションをいくつも当てて、半身を少し起こしたような状態でベッドに横たわる紘輝に、下半身にとはいえ全体重を預ける恰好になって、蘭生は躊躇《ためら》う。

「でも……」

まだまだ言い募ろうとする唇を軽い口づけで塞ぎ、紘輝はやんわりと蘭生を抱き寄せた。

「このままでいてくれ……」

抱き寄せた蘭生の肩口に額を預け、ホッと息を吐き出す。

この温もりを腕に抱ける悦びを、紘輝は痛感していた。

当たり前じゃない。

それは奇跡に近い、偶然なのだ。

愛しい存在に、愛される悦び。

「蘭生……どこにも行くなよ」

絞り出すような呟き。

それは、男としての見栄も建前も何もない、紘輝の心からの言葉だった。

黒い、艶やかな髪を抱き寄せながら、蘭生は小さく頷く。

「行かないよ。どこにも」

もう、この腕を手放すことなんてできないから……。

その言葉に安堵したのか、紘輝は蘭生を抱く腕から力を抜き、代わって大きな両手が蘭生の頬を包み込み、顔を上げさせる。

視界に映るのは、真っ直ぐな、黒い瞳。

翳りのない、偽りのない、澄んだ瞳だった。

その瞳に藺生を映しながら、紘輝は言った。

「もう、自分を否定するな」

それに、藺生の瞳が揺らめく。

「どんなお前も、俺が愛してやる。お前が嫌いでも、俺が愛してやる。お前のすべてに、俺は惚れてるんだ」

その言葉のひとつひとつを噛み砕き、脳に認識させるのに、恐ろしいほどの時間がかかった。

やっと言葉の意味を理解して、藺生は紘輝を見詰めたまま、動けなくなった。

呆けたように自分を見つめる恋人に、紘輝は駄目押しをする。

「お前は俺のものだ」

それは、何度も何度も言い聞かされた言葉。

藺生の心を甘く痺れさせる、束縛の呪文。

強い瞳に見据えられて、藺生は動けなくなる。

「嫌がっても逃げても、絶対に離さない」

ドクンと鼓動が鳴る。

全身の血が沸騰して、思考は溶けてしまいそうだ。

唇が乾いて、言葉が声にならない。
紘輝の熱い告白に、何か反応しなければと思いながら、しかし、蘭生の身体は麻痺したように、指一本動かせなくなっていた。

包み込んでいた紘輝の大きな手が、紅潮し呆然と固まったままの蘭生の頬を撫でる。
途端、弾かれたように、見開いたままだった大きな瞳から、透明な雫が零れ落ちた。
「…ぁ…」
その手が項《うなじ》に滑り、いまだ固まったままの身体が再び抱き寄せられる。
誘われるように、蘭生は瞳を閉じた。
触れる、熱。
数度啄ばむように口づけられた後おとずれたのは、激しく情熱的な、口づけ。
ただ奪うのではなく、秘めた官能を呼び覚ますような、濃密な口づけだった。
「…ん…っ」
零れる吐息さえ惜しくて、きつくきつく舌を絡め合い、甘い蜜を交わす。
逞しい首に縋って、愛しい男を強く抱き寄せた。

跨った腰に熱い昂ぶりが触れて、蘭生は煽られる。

はしたないと思いつつも、細い腰が揺れはじめるのを、止められない。

背を抱いていた紘輝の手がシャツの上から肌を辿り、さらに熱を高めてゆく。

大きな手に双丘を鷲掴《わしづか》まれて、蘭生の腰が跳ねた。

「ぁ…っ…んっ」

口づけの隙間に、甘い喘ぎが零れる。

シャツのボタンを外されて、桜色に染まった白い肌に外気が触れ、蘭生の背が戦慄いた。脇腹を撫で上げられ、ビクリと肌が粟立つ。

ツンと立った胸の飾りを捏ねられ、背を駆け昇る喜悦に、蘭生の欲望が頭を擡《もた》げる。

「紘輝……だ…め…無茶…」

アバラを折っているのだ。この状態で抱き合うのは、自殺行為だ。

しかし、言葉とは裏腹に、蘭生の身体は紘輝の的確な愛撫に煽られ、熱を上げてゆく。今にもしがみついてしまいそうで、蘭生は飛びかける意識を必死に手繰り寄せた。

「これ以上のオアズケのほうが無茶だ」

紘輝は小さく笑って、はだけたシャツを蘭生の肩から落とし、露わになった胸に舌を這わす。

そこはもう、ツンと立って、美味しそうに色づいていた。

寛げたウエストから手を差し込み、喜悦に打ち震える蘭生の欲望を刺激する。滑る蜜の感触に、紘輝は満足げな笑みを零し、蘭生の腰を掴んで膝を立てさせた。

目尻を羞恥に染めながらも、今夜の蘭生は紘輝の行為に従順だった。蘭生の下肢からも衣類を抜き去ると、自分もパジャマを脱ぎ捨てる。そして再び蘭生を抱き上げ、自身の腰を跨がせた。

「ひ、紘輝……っ」

蘭生が不安げな声を上げる。

ベッドに横たわる紘輝の身体には、目に痛いほどの真っ白な包帯。上半身を覆うほどにぐるぐる巻かれた包帯を目の前にして、蘭生は震える手でそっと胸板に触れた。

「……痛い？」

「大丈夫だ」

「三カ月もこのままなの？」

医者の診断は全治三カ月というものだった。しかし、入院初日に病院を脱走し、あまつさえ空手の実戦試合までしてしまったことで、怪我の状態そのものは悪化しているはずだ。

「まさか。骨はすぐにくっつくさ。完治するのにそれくらいってことだろ？」

「ホントに？」

それでもまだ信じようとしない蘭生を安心させてやるため、紘輝は微笑んだ。

「アバラなんて、過去に何回も折ってる。いつも一カ月もしないうちに稽古再開してるんだ。今回だって同じだろ」

「じゃあ、春の大会とかも、出られるね」

やっと納得して、蘭生はそんなことを口にした。春休みは、夏休みについで学生のスポーツ大会が多く開催される時期だ。

紘輝の勇姿を思う存分見られると、実は密かに楽しみにしていた蘭生だった。

どんなに可愛いと言ってもらえても、男として誇れる体格を持たない蘭生にとっては、紘輝の男らしい肉体は鑑賞に値する。逞しい筋肉が躍動する様は、充分に蘭生をときめかせるのだ。

「お前が応援に来てくれるんなら、全勝で優勝してやるよ」

本当に怪我が完治するかどうかも怪しいというのに、紘輝はそんな軽口を叩く。

「ホント!?」

それに、大げさに驚いた表情で、蘭生が首をかしげた。

「お前、信じてないだろ？」

ちょっと拗ねたような声色で紘輝が呟く。

「そんなことないけど……あん…っ」

蘭生の腰を抱き寄せていた紘輝の手が下がり、双丘の狭間を割り開く。悪戯な指が、硬く閉じ

た襞を擦り上げて、蘭生は背を撓らせた。

「信じるか?」

艶めいた声に耳朶を擽られて、蘭生はビクリと首を竦める。

そして、コクコクと首を振り、紘輝の首にしがみついた。

「信じる…からっ……やぁ…っ」

突然、濡れた感触がして、蘭生は肌を粟立てる。先ほどまで乾いていて異物の侵入など固く拒んでいた秘孔に、紘輝の濡れた指が差し込まれる。

経験のない感触に、蘭生が不安げな声を上げた。

「や…なに…っ?」

「ジェルだ。変なクスリとかじゃないから安心しろ。今日はじっくり濡らしてやれないからな。これで我慢してくれ」

いつに間に用意したのか、サイドボードから潤滑剤を取り出し、たっぷりと蘭生の秘部に塗りつけ、掻き回す。

クチュリと濡れた音が耳に届いて、羞恥が蘭生の背筋を駆け昇る。

「やだ…冷た…っ」

「すぐに熱くなるさ……お前の中が熱いからな」

淫猥さを含んだ言葉に、ただでさえ上気した藺生の頬に、さっと朱が差した。

いつもは、前や後ろを散々弄られ、喘がされて、意識が朦朧としはじめたところでされる、馴らす行為を、今日ははじめの段階でされているのだ。クリアな意識が、藺生の羞恥を倍増させ、ぎゅっと閉じた瞼と長い睫が、せわしなく震える。

薄く開いた唇からは、熱を孕んだ吐息が次々と零れ出る。

「やだ……もう、いい…から…っ」

無理やり挿入されたところで、藺生の身体は結局、紘輝を拒めない。最初はいくらか苦しくても、傷つくこともなく紘輝を受け入れ、やがて馴染んでゆく。

しかし、そんなことは百も承知で、紘輝は意地悪く真摯な男を演じてみせる。

決して傷つけたりしないと。

ただ身体の一番深いところで愛したいだけなのだと、藺生の脳に刻みつける。

「いいわけないだろ。明日起きられなくなってもいいのか?」

少し笑いを含んだ言葉に、藺生はプルプルと頭を振り、縋っていた紘輝の二の腕に爪を立てようとして、しかし、紘輝の怪我を思い出し、代わりに逞しい首にすがりついた。

少し膝を立てたような体勢で紘輝の腰を跨ぎ、秘孔を弄られる恥ずかしさは、今までにされたどんな行為よりも、藺生の羞恥を煽った。

と同時に、異常なほどの興奮が、繭生の思考を霞《かす》ませはじめる。

後ろを長い指に穿たれ、前を大きな手に握りこまれ、繭生は無意識に腰を揺らす。

「あ…はぁ…っ」

徐々に潤み、熱を孕みはじめた秘孔は、やがて紘輝の指に絡みつき、淫らに蠢きはじめた。

「繭生の中、柔らかくて、すごく熱くなってる」

「や…ぁ…っ」

辱める言葉に、眦《まなじり》に涙を溜め、髪を振り乱して切なさを訴える。

「俺も……お前が欲しくて……ヘンになりそうだ」

耳元に囁いて、耳朶に歯を立てると、ガクンと繭生の膝が崩れ落ちた。

「あぁっっ!」

繭生の腰の下で天を突いてそそり立っていた紘輝の欲望が狭間に触れ、その熱さに細い背が撓る。

内部を弄っていた指が抜かれ、口寂しさに秘孔が伸縮しようとした瞬間、繭生の腰が支えられ、猛った欲望が繭生の秘孔を捉えた。

先端だけが、そこに当たる、生々しい感覚。

太股の内側の筋肉がピクピクと痙攣する。膝がガクガクと震え、今にも崩れ落ちてしまいそうになるものの、しかし、蘭生はそのまま動くことができないでいた。

「いや……ぁ……っ」

安心させるように、紘輝の大きな手が蘭生の背をさする。しかし、蘭生はただただ頭を振って、涙を散らすばかりだ。

「大丈夫だから。そのまま足の力を抜くんだ」

紘輝が優しく囁いても、羞恥と未知の体験への恐怖とで強張った身体は、どうすることもできない。

しかたなく紘輝は、項垂れかけた蘭生の欲望に指を絡め、きつく扱き上げた。

「あぁ……っ！」

身体が弛緩した瞬間をねらって、紘輝は支えていた蘭生の腰から手を離す。

「ひっ……あ、あぁぁ――っ！」

散々馴らされ、濡れそぼった秘孔に、紘輝の欲望がズブズブと呑み込まれてゆく。自重でいきなり深い場所まで貫かれて、蘭生は白い喉を仰け反らせた。

腹につくほどに反り返った蘭生の欲望からは、止めどなく蜜が溢れ、萎えることなく新たな蜜を滴らせる。いきっぱなし状態で意識の朦朧とした蘭生の腰を掴み、紘輝が揺すってやると、やがて言葉にならない嗚咽を迸らせながら、自ら淫らに腰をゆすりはじめた。

「あ…あぁ…はっ…んんっ」

最奥まで紘輝自身を咥え込み、激しく腰を振り立てる。紘輝の手によって上下の動きを加えられると、今度は自らギリギリまで抜き去り、一気に腰を下ろして貫かれる快感に酔い痴れる。

自分の一番感じる場所を探して、淫らに細い腰を揺らしつづける恋人の痴態に、紘輝の欲望も頂点へ向けて昂ぶってゆく。

「蘭生…綺麗だ……」

紘輝の首にしがみつく蘭生の耳朶を食みながら、艶めいた声が落とされる。

ゾクリと肌を粟立たせ、首を竦めると、感極まったか細い悲鳴を上げて、蘭生は欲望を弾けさせた。

「ひぃ……あ…あ…あぁ――――っ！」

と同時に襲った激しい締め付けに、紘輝もまた蘭生の中へ熱い飛沫を叩きつける。愛しい男の愛情が中を駆け昇る快感に、蘭生は今一度身体を痙攣させ、白い太股が紘輝の腰をぎゅっと締め付けた。


「紘輝…や…ぁ…っ」

いつも以上に激しい絶頂感に、敏感になった蘭生の肌は、触れるだけでも新たな喜悦を訴える。鎖骨を擽るように辿る悪戯な唇に、蘭生は切ない吐息を零す。

紘輝の腰を跨ぎ、その昂ぶりを深く咥え込んだままの状態で、繋がりを解くことも許されず、蘭生は戦慄く身体を持て余しながら、紘輝の口づけを受けていた。

受け入れたままの紘輝の欲望は、萎えることなく、先ほどからずっと蘭生を苛みつづけている。その貪欲さが、紘輝が自分を求めている証だと思うと、不思議とその熱さも硬さも巨《おお》きさも、すべてを愛しいと思うことができた。

蘭生自身も、やはり中を犯される快感に、透明な蜜を零しながら悦びにうち震え、再び頭を擡げはじめている。

自分の身体が酷く淫らに感じられて、蘭生は羞恥に顔を背けた。

「感じやすいな、蘭生は」

耳朶を擽る笑いを含んだ声に、蘭生の頬に朱が差す。

消え入りたい衝動に駆られる蘭生を、紘輝はますます追い詰める。

昼は淑女、夜は娼婦。

どこかで聞いた陳腐なセリフに当てはめて、蘭生の羞恥を煽る紘輝を、蘭生は泣きそうな顔で睨みつけてきた。

しかし、そんな顔もそそるばかりで、なんの効果もない。

事実、繭生の中を苛む紘輝の灼熱が、ドクンと戦慄いて巨きさを増し、いっそう繭生を切なくする。

「怒るなよ。誉めてるんだ」

少し上ずった、欲情を孕んだ牡の声色。

「う…そ……そんなの…は…ぁっ」

胸を喘がせながらも、繭生は果敢に紘輝に食ってかかる。しかし、ジクジクと熱を孕んで淡い喜悦を生み出すだけの繋がりは、敏感になった肌には、拷問以外の何物でもなく、繭生は白い爪先をシーツに滑らせた。

乱暴でもいい。

酷くしてもいい。

激しく貫いて欲しい。

我を忘れるほどに、めちゃくちゃに奪って欲しい。

紘輝だから……何をされても、構わない。

そんな淫らな思考に支配されて、焦れた繭生は、とうとう自ら快感を求めて腰を蠢かした。

「あっ…は…あぁっ！」

熱い昂ぶりが内部を抉り、そこから濡れた音が聞こえて、蘭生はますます煽られる。

逞しい欲望に貫かれて、悦び、腰を振り、淫らに喘ぐ自分を思えば、消えてしまいたいほどに恥ずかしい。

なのに、自分のなかから生まれてくる羞恥も快楽も、すべてが紘輝によってもたらされたものだと思ったら、不思議と全部許せるような気がした。

「紘輝……大好き……」

「蘭生……」

しゃくりあげるように、喘ぎの隙間に零れる、本心。震える背を支えながら、紘輝はその先を促すように濡れて赤く腫れた唇を舐めてやる。

「も…はなさな…で…」

喧嘩しても、不安に駆られても、必ず抱き締めていて。

いつでも「愛してる」と囁いて。

そうしたらきっと、もう何も怖いものなどないはずだから。

「離すもんかっ。一生俺に縛りつけて、嫌だと言っても逃がさないっ！」

束縛の言葉。

がんじがらめにされる、快感。

これからもきっと、ことあるごとに蘭生は不安に駆られ、自信をなくし、自己嫌悪に陥り、泣きたいほど後悔して、それでもそんな自分と真正面から向き合って、自分を愛するようになっていくのだろう。

そんな蘭生だからこそ、曖昧な愛情なら要らない。

寛容な愛情も、不安にさせるだけ。

根こそぎ奪い、絡めとり、息苦しいほどに愛情という名の鎖で縛りつけるような、束縛に近いほどの激情こそが、蘭生には必要なのだ。

愛されている。

求められている。

それを、常に実感できる、愛のカタチ。

それこそが、蘭生に必要なものなのだ。

そんな激しい感情を、常に与えつづけられるだけの相手など、ほかにはいない。はじめはよくても、すぐに息切れを起こし、長続きしないのが目に見えている。

しかし、紘輝は違う。

持って生まれた激しい気性を、武道で培った精神力で抑え込んでいるものの、その本質は野生の獣だ。

狩る本能。

射抜く瞳。

持って生まれた王者の資質。

それらすべてで蘭生を捕らえ、離さない。

毒のような激情は、いつしか甘い歓喜へとすりかわり、その癖になるような甘美さに、もうほかの何でも代わりはきかなくなってしまうのだ。

「紘輝っ…紘輝…っ」

うわごとのように愛しい名を呼びながら、蘭生は再び絶頂の波に攫われる。

「蘭生っ」

「あ…あぁっ」

ゾクゾクと背を駆け昇る恐ろしいほどの快感。ひときわ激しい波が押し寄せてきて、蘭生は白い喉を仰け反らせ、白濁を撒き散らした。

そして、紘輝もまた、搾り取られるように、蘭生の中に欲情のすべてを注ぎ込んだ。

# エピローグ

「何の真似だ、これはっ」

腕組みをして憮然と不満の声を洩らす紘輝の目の前には、白胴着に黒袴姿の、蘭生。

「合気道、教えてもらってるんだけど」

「そんなものは見ればわかるっ！」

「何怒ってるんだ？　リハビリなら静かにやりなよ」

史世と紘輝の仲も誤解だったことがわかり、今まで以上に紘輝の愛情を確認した蘭生は、ここへきて何だか生き生きとしはじめた。


蘭生が紘輝と史世の仲を誤解していたことを告げると、二人は憮然とした表情で「そりゃーあんまりだ」と眉を顰めて嫌がった。

——そんなに嫌わなくても……。

睨み合う二人を眺めながら、蘭生自身、なぜこの二人にそんな誤解をしてしまったのだろうかと、自分に呆れてしまったほど、二人は火花を散らしていた。

「こいつが頼りないから、わざわざこの僕が今日の蘭生はあんなでこんなで…って報告してやってさ。ホント、よくできたナイトだよ」

イヤミたらたらで言った史世に対して、

「電話で済む話をわざわざ呼び出したりするから要らぬ誤解を生んだんじゃねーかっ」

と、紘輝が返す。しかし、

「お前の嫌がる顔を見るのが楽しくてやってんのに、その楽しみ奪われてたまるかよっ」

と平然と言われて、とうとう紘輝は黙ってしまった。

どんなにイビられても、蘭生をこの腕に抱けるのであれば、紘輝にとってはこの際どうでもいいことなのだ。

そんな二人を見ながらコロコロと笑う蘭生は、以前はどこか相手の反応を窺うように発していた言葉のひとつひとつにも、翳りが消え去り、表情も明るさを増したようだった。

蘭生が活発になるのはいいことだが、しかし、なぜ合気道などを習いはじめなくてはならないのか。

紘輝は納得がいかない。

「蘭生くん、なかなか筋がいいわよ。運動神経は悪くないみたいね」

師範を務める茅浪に基礎の基礎から習いはじめた蘭生は、楽しそうに稽古に励んでいる。

だいたい、自分の看病をするためにこの家にいるはずの蘭生が、自分の側を離れ、姉たちと仲良くしているのが、どうにもこうにも気に食わない。

四六時中一緒にいて、ベッドの上でいちゃいちゃできると踏んでいた紘輝にとっては、大きな誤算だった。

余計なお邪魔虫が消えたと思ったら、思わぬところに伏兵がいたものだ。


紘輝が無理やり退院した翌日、キースは母と祖父の待つロンドンへと帰って行った。

見送りに行った蘭生に、

『きっとまた会いにくるから』

と言い残して。

弟のようにしか思えないと、正直な気持ちを告げた蘭生に対しても、キースはそれで構わないと笑った。

『あいつに飽きたら、いつでも僕のところにおいでよね』

そう言って、攫うように口づけて搭乗ゲートへと消えて行った金髪の後ろ姿は、幼いころの面影を残したまま蘭生の記憶に刻み込まれた。

もう、ロンドンにいたころの自分を羨むことも、今置かれた環境を嘆くこともない。

蘭生は、今ある自分を愛そうと、心に決めたのだから……。


「蘭生！　飯は!?」

姉たちと楽しげに過ごす蘭生を傍目《はため》にイライラと言った紘輝に対して、蘭生の反応は冷たいものだった。

「自分でやりなよ。もう起きられるんだろ？　だったら紘輝のほうが上手いじゃないか」

紘輝が起き上がるのも困難だったうちは、蘭生もほとんどできもしない家事に四苦八苦しながら、それでもかいがいしく紘輝の世話を焼いていた。しかし、やはり自分には家事一切……特に料理の才能はないらしいと自覚したようだ。

だからといって、この態度もないだろう？　つい昨日まで重傷だ大怪我だと騒いでいたくせに。

「……なんだよ、一人で食えって？」

拗ねたように口を尖らせた紘輝に、蘭生はニッコリと微笑んで言った。

「僕、お昼はクラブサンドがいいな。あとクラムチャウダーもね」

可愛い恋人のリクエストに、紘輝の機嫌も直りはじめる。

「わかった。三十分したら終わらせて来いよ」

最近自分で補充していない冷蔵庫の中味に多少の不安を覚えつつも、紘輝は久しぶりにキッチンに向かった。

蘭生に言われるままにいそいそと道場を出て行くデカイ図体《ずうたい》の弟の後ろ姿に、姉はゲンナリと溜息を吐く。

――カンペキ尻に敷かれてるじゃないの。

それでもたった一人の弟が幸せなら、それもいいかと納得してしまうのが、この姉の凄いところだった。

「なんかもう、カンペキに主導権は蘭生くんのものってカンジね」

苦笑気味に言った茅浪に、蘭生はさっと頬を赤らめる。

「そ、そうですか?」

「強面のドーベルマンもシェパードも、飼い主にはかたなしってカンジよ」

ドーベルマン?

シェパード??

今まで紘輝に対して、狼だとか黒豹《くろひょう》だとか、野生の獣のイメージを持っていた蘭生は、茅浪の例えに絶句し、そして思わず吹き出してしまう。

「警察犬なみに従順だわね。蘭生くん、ドッグトレーナーになれるわよ、きっと」

可愛い弟をけちょんけちょんに言う姉の言葉に、底知れぬ愛情を感じ、蘭生は久しぶりにお腹の底から笑った。

「見た目に騙されちゃ駄目よ。あいつはただの甘えたがりの末っ子なんだから」

蘭生への異常なほどの独占欲も拘束も、自分が甘えたいだけ、自分の宝物を誰かに取られるのが怖くて牽制しているだけなのだと、姉は諭す。

一人っ子の蘭生と違い、母は亡くとも二人の姉にめいっぱい可愛がられて育った紘輝なのだ。言われてみれば当然で、蘭生ははじめて紘輝を可愛いと思ってしまった。

そうして、見る角度を変えてみれば、ものごとは違った色合いでもって蘭生の視界に飛び込んでくる。

世界が色を変える瞬間。

蘭生は、今まで自分のなかに溜まっていた、いろいろなわだかまりや不安要素など、さまざまな感情が、色を変え、その在り方を変え、すべてがプラスへと変化しはじめるのを感じ、ふっと笑みを零す。

世界はこんなに素晴らしい。

人はこんなにも温かく、優しい。

そして自分も……。

今ここに在る自分を愛していることに気づかされる。

紘輝を愛し、紘輝に愛され、紘輝と出会ったことによって広がった世界。

「さ、あともうちょっとだけやったらお昼にしましょ」

茅浪の言葉に頷き、蘭生は胴着の帯を締め直した。


「なぁ」

「ん――？」

「なぁって」

「まだ駄目」

冬休みはもう明日を残すのみ。思う存分いちゃつく機会は今晩しかないというのに、蘭生は生返事しか返してこない。

なぜだか急に武道に興味を持ってしまった蘭生は、茅浪に借りたアルバムを捲りながら、紘輝の過去の戦歴を眺めていた。幼いころから数々の武道大会で優勝している紘輝の部屋には、楯やらトロフィーやらメダルやらが所せましと飾られている。紘輝自身はそういったものに全く興味がないらしいのだが、棄てようにもしまおうにも、姉たちが許してくれないらしい。

さらに、出場した大会の数だけあるというアルバムの山。そこに収められたプロ顔負けのスチール写真には、汗を飛ばしながら戦う紘輝の勇姿が写っている。今は日本にいない紘輝の父が撮《と》ったものだと聞いて、蘭生は驚いた。

まるでアイドルの写真集なみのクオリティのアルバムのほかにも、ビデオやデジカメのデータカードなどなど、紘輝がいかにこの家庭で愛されているかがうかがえる。

そういえば紘輝の父親の話を聞いたことがないことに気づいた蘭生だったが、しかし、尋ねるのをやめた。

一緒に過ごす時間が長くなれば、きっと聞かなくても紘輝のほうから話してくれる日がくるだろう。

そのときを、ゆっくりと待てばいい。

二人に与えられた時間は、飽きるほどあるのだから。

「すごいよねー、こんなにいっぱい」

中学時代の紘輝の写真を眺めながら感嘆の声を漏らした蘭生に、紘輝が拗ねた声で応える。

「お前だって、山のようにあるだろ？」

蘭生を後ろから抱きかかえるように腰に腕をまわし、薄い肩に顎を乗せるようにして蘭生の興味が自分自身に移るのを待っている。

その姿に、昼間の茅浪の言葉を思い出し、蘭生はクスクスと笑いを零した。

——確かに、でっかい犬に懐かれてるみたい。

「なんだ？」

突然笑いはじめた蘭生を訝しんで、紘輝がぐぃっと腰を引き寄せる。完全に胡座《あぐら》の上に座らされる恰好になって、蘭生は抱き込まれた胸に頬を擦り寄せた。

「なんでもない」

「なんだよ、言えよ」

「なんでもないって」

あくまでも口を割らない蘭生に焦れて、紘輝はその細い身体を拘束しようと手を伸ばして、しかし、さっとかわされてしまった。

「……？」

「やった、できた！」

今日、茅浪に習ったばかりの一番簡単な防御法だ。紘輝の大きな手をすぃっとかわしてみせて、蘭生は満面の笑みを零した。

「おい……？」

簡単な技なのだから、一回かわされたところで、紘輝にとっては何でもないことだったが、しかし、蘭生が突然合気道などを習いはじめたその理由になんとなく思い当たって、紘輝は眉を顰めた。

そんな紘輝に、蘭生はビシッと指差し、艶然と言ってのける。

「今度無理やり犯ろうとしたら、投げ倒すからな！」

実際問題、どんなに頑張って稽古したところで蘭生が紘輝を投げ倒すことなどできはしないだろうが、しかし、紘輝は思いがけない反撃に、言葉をなくしてしまった。

「いい？　わかった？」

詰め寄った蘭生に、コックリと頷いてみせる。

その反応に気をよくして、蘭生は自分を抱き寄せる胸に、素直に身を任せる。

紘輝がその肩に腕をまわし、ぐぃっと力を込めると、今度はすんなりと倒れ込んできた。

しかし、完全に体重を預けてはいない。まだまだ完治していない紘輝の身体を気遣って、できる限り負担のかからないように気遣っている。

「そんなに気にしなくても大丈夫だぞ」

そう言って胡座をかいた自分の腰を跨ぐように藺生を座らせると、向かい合わせにピッタリと胸を合わせ、さくら色の唇にそっと口づけを落とした。

心を通わせ、思うままに身体を繋ぎ、とめどなく溢れ出る愛情を交わし合う。

二人を繋ぐのは、愛情と言う名の鎖。

愛情という名の、甘い束縛。

TO BE CONTINUED?

そして、お話はまだ終わらない。

ラヴラヴハッピーエンドになるはずだった事の顛末《てんまつ》は、しかし、あらぬ方向へと転がりはじめた。

「やぁ！　おはよう！」

三学期の始業式。

二人揃って登校した藺生と紘輝が見たものは、二人と同じ制服に身を包んだ、金髪碧眼の、青年。

「ヒロキ、怪我は平気かい？　ユウ、今日も可愛いね」

呆気にとられる二人を尻目にニッコリと微笑み、そして、さっと掠め取るように、藺生の頬にキスを落とす。

「キ、キース!!」

「てめぇ……っ！」

数日前、確かにロンドンに帰ったはずのキースが、制服を着て校門に立っている。

これは…つまり…。

「今日からここの一年生だよ」

「なんだと！」

蘭生より早く反応したのは紘輝だった。

「よろしくね、ユウ。こんなケダモノ早く棄てて、僕のところへおいでよね」

「え…えぇ…っ⁉」

何を言ってよいやらわからず、しどろもどろになる蘭生の横で、紘輝が拳にぎゅっと力を込めたのを察知して、キースが身を翻す。

「じゃ、校長室に呼ばれてるから行くね。帰りは一緒に帰ろうね！」

ウィンクひとつ残して去って行った金髪の後ろ姿に、

「てめぇ一人で帰りやがれっ！」

と悪態を吐き、紘輝は蘭生の肩を抱き寄せる。

――あぁ、もうっ。

蘭生の所有権を主張して、キースに吠えかかっていた紘輝の視界には、校舎の窓に鈴なりの生徒たちの姿は、映ってはいないようだった。

――また騒ぎになるじゃないか。

例のクリスマス感謝祭の事件でさえまだ記憶に新しいというのに……これ以上全校生徒の注目の的になってどうするっ！　と自分に突っ込みながら、蘭生は大きな溜息を吐いた。

チャイムが鳴る。

一斉に捌《は》け始めた生徒たちの姿に、蘭生と紘輝も慌てて校舎へ駆け込む。

まだまだ何やら一悶着《もんちゃく》ありそうな気配に、内心十字を切ったのは、蘭生だけではなかったに違いない。

## Sweet Valentine
### —スウィート・ヴァレンタイン—

# プロローグ

二月十四日。
セント・ヴァレンタインデー。
恋人たちの、甘〜い、お祭り。
でも、気をつけないと、ほら、こんなところに落とし穴が……。

## SCENE 1

騒音とともに飛び込んできた人物に、生徒会室内でゆったりとお茶の時間を楽しんでいた史世《あやせ》と副会長の新見《にいみ》は、呆気にとられてドアを振り返った。

すでに自由登校期間に入っているというのに、こんなところで油を売っている三年生も珍しい。しかし、大学入試にさして不安もなく、また、この場所を居心地よいと感じてしまうこの二人は、ちょくちょく現れては午後のお茶を楽しんで帰って行く。

そんな長閑な時間を、思わぬ人物に邪魔されることになって、二人は驚いた。

不穏な空気を感じ取って、新見は小さく溜息を吐く。

ドアに背を預け、荒い息を整えていたところに、外側からドアが開けられようとして、薗生《ゆう》は慌てて鍵をかけた。

ドアの外で薗生の名を呼び喚いているのが紘輝《ひろき》であることは一目瞭然だが、しかし、いったい何があったというのか。

「おいっ！　蘭生っ!!　開けろっ!!」

「煩いっ！　帰れよっ！　顔も見たくないっ!!」


いつも大人しい蘭生の激昂に、さすがの史世も新見も、絶句するしかない。ドカドカとドアを蹴破る勢いで暴れているらしき紘輝に、年代ものの備品を壊されるのではないかと冷や冷やしているのは、どうやらこの面子《メンツ》の中では新見だけらしかったが、史世は史世で飲んでいたティーカップをテーブルに置くと、内心ウンザリといった様子で席を立った。


見れば、半泣き顔の蘭生が顔を真っ赤にして怒っている。

ドアの外で暴れる阿呆ぅが泣かしたのに決まっている。

だとすれば、ここで保護者が出ていかないわけにはいかないだろう。

——馬鹿が。喧嘩するならするで史世のいないときにしとけよ。

ジーザス。

新見が内心十字を切っても、今更遅い。

瞳に悪魔の色を滲ませた史世は、ニヤリと口の端を上げると、ドアの外に向かって怒鳴った。

「帰れ！　お前の出る幕じゃーないっ！」

途端、ピタリと騒音がやみ、ややあってコツンとドアの向こうから控えめなノックの音。

「蘭生……愛してる」

聞こえてきた呟きに、カ――っと頬を朱に染め、蘭生はドアを背にズルズルとへたり込んだ。

靴音が遠ざかるのを確認して、史世はしゃがみこむ蘭生の肩を抱き寄せる。

「どうした？　喧嘩なんて」

チラリと上目遣いに史世に視線を投げ、しかし、目にいっぱい溜まった涙もそのままに、瞳を伏せてしまう。

「まさかあの安曇野《あずみの》が浮気なんかするわけないだろうし…って……えっ⁉」

みるみる蘭生の瞳に涙が浮かんで、驚いた史世が細い肩を揺する。

――まさか⁉

さすがの史世も、これには驚く。

どうせ痴話喧嘩だろうと踏んだうえで、二人の仲を弄って遊んでやろうくらいの気持ちだっただけに、どうしたものかと思案して、蘭生の隣に腰をおろした。

そんな二人の様子を眺めていた新見も、ソファに腰をおろす。

そして、史世は蘭生の背をさすりながら、ゆっくりと話を聞き出すことに専念した。

## SCENE 2

たいしたことではないと言われれば、そうなのかもしれない。

しかし、藺生にとっては衝撃だった。

キスシーン。

最近では道端でも駅でも公園でも、人目も憚《はばか》らず行われている行為だ。

その是非については、個人的に見解は分かれるところだろうが、藺生自身にとっては、人目を憚るべき行為として認知されていた。

自分がしているのはもちろん、人がしているのだって、あまり目撃などしたくない。

それが恋人だったら……自分の恋人が他の女とキスしているところなど、誰だって言語道断だろう。


「で、安曇野は何て？」

史世に聞かれて、藺生はしぶしぶ口を開く。

「無理やりされただけだって……」

紘輝の言うことは、多分真実なのだろう。

あの根の優しい男は、追っかけの女の子に呼び出されて、馬鹿正直に出向いていったに違いない。

二人の姉によって骨の髄まで仕込まれたフェミニズムは、ここまでくるとある意味無用の長物というか、単に邪魔なだけというか……。

しかも、折しも今日はヴァレンタインデー
近ごろは女の子のほうが積極的だ。チョコを渡され告白されて、断ったにもかかわらず、振られついでとばかりに強引に迫られたのだろう。

それがたまたま校外ではなく、校内の道場裏だったのは、運が悪かったとしか言いようがない。


納得がいかないとばかりに口を尖らせ、いまだ涙の滲む瞳を伏せる藺生に、史世は小さく笑って、その肩をぐぃっと引き寄せた。

「安曇野は人気あるからね。最近の女の子は積極的だし……うかうかしてると取られちゃうぞ」

史世の口から出た思わぬ言葉に、驚いた表情で繭生が顔を上げる。

二人の様子を傍観していた新見も、視線をよこした。

「あっちゃん……？」

「今日はヴァレンタインだし、あいついっぱいチョコ貰ってたんじゃない？」

ニッコリと笑いながらズキズキと突き刺さる言葉を言う史世に、繭生はますます泣きそうな顔で唇を噛み締めた。

事実、紘輝あてに贈られたチョコなどのプレゼントは、尋常な数ではなかった。

ずっと昔、それこそ小学校に上がる前からこんな状態だったらしく、あまり気にする様子も見せない紘輝だったが、しかし、さすがに今年は減るだろうと踏んでいたらしく、驚きを隠せないようだった。

昨年末のクリスマス感謝祭で演じた舞台上で、繭生との仲を半ば無理やり公表してしまい、全校生徒周知の事実に仕立てあげてしまった事件は、まだ記憶に新しい。

よって、本人もあずかり知らぬところで結成されていたらしい紘輝のファンクラブの面々や、そのほか、紘輝に失恋したことになる生徒たちの分が減るだろうと踏んでいたのだ。

それなのに、減るどころか増えてしまったチョコの数に、紘輝も当惑気味だった。

下駄箱から雪崩《なだれ》を起こして崩れ落ちたチョコの山は、繭生の目にも鮮やかで、紘輝の人気を知らしめる。

——僕だって……。

唇を噛み締めながら、蘭生は学生服のポケットを探った。

カサリと小さな音がする。

ポケットの上から大事そうにそれを確認して、蘭生は史世を見上げる。

「大丈夫だよ。あいつは蘭生一筋なんだし。まさかあいつがホンキで浮気するなんて、思ってるわけじゃないだろ？」

「そ、そりゃ……でも……」

紘輝の愛情を疑っているわけではない。

ただやはり、ホンキではないのだとしても、恋人が自分以外の相手とキスしていたのだ。

ショックでないはずがない。

思い出すだけでお腹から不快な感情が湧き上がってくる。

まるで自分のもののような顔で紘輝の首を引き寄せ口づけた少女の横顔に、どうしようもなく嫉妬した自分。

——僕のものなのに！

思わずそんなことまで考えて、蘭生はひとり、カッと頬に血が昇るのを感じた。

自分が紘輝のものであるのと同様に、紘輝も蘭生のものなのだ。

最近、少しだけ自信を持ちはじめた蘭生は、紘輝がいかに自分に夢中なのかを、少しずつだが自覚しはじめていた。とはいえ、紘輝の気持ちが自分以外の存在に移らないという絶対的な自信も持てなくて、日々苛立つ自分。

もっと紘輝の目を自分ひとりに向けておきたくて、溢れるほどのこの気持ちを、もっと素直に伝えたくて、でもできなくて……自分がこんなに心穏やかでないというのに、自分以外の存在が紘輝の心を揺さぶっているのかも知れないと思ったら、やっぱり我慢ならない。

かといって、いきなり素直になれるのかと聞かれたら、そう簡単にいくものではなくて、蘭生はいつもいつもいつも焦れていた。

それなのに、名前も知らない女生徒に好き勝手されたとあっては、大人しい蘭生も切れるというものだ。自分にできないことをアッサリとやってのけた名も知らぬ少女に、言い知れぬ嫉妬を覚える。


「そんなに悔しかったら、蘭生もしてやれば？」

悔しさに唇を噛み締める蘭生に、史世が提案する。

「………え？」

何を？　と聞きたい顔をした蘭生に、ちょっぴり意地悪な笑みを浮かべながら、史世は少し赤く染まった耳元に囁く。

「キ・ス」

史世の言葉を反芻して、みるみる茹蛸《ゆでだこ》状態になった蘭生に、クスリと笑って、その小さな頭を抱き寄せ、くしゃくしゃと髪を撫でてやる。

それ以上のことだってしている仲なのに、いつまでたっても蘭生は初なままだ。そんな蘭生にほほえましい気持ちにさせられて、史世はトドメの一言を突き刺す。

「Hなキスでメロメロにしてやりなよ」

「あ、あっちゃん！」

カァ――――っと頬に血を昇らせながら、真っ赤になって喚く蘭生に、クスクスと笑いを零しながら、史世は蘭生を構い続ける。

「あ、それとも蘭生はキスが嫌い？」

「そ、そんなこと……！」

史世の口車に乗せられて、あらぬことまでつい口走りそうになった蘭生は、ニヤニヤと人の悪い笑みを浮かべる史世に気づいて、ぷっと頬を膨らませた。

そんな蘭生の子供っぽいしぐさに、とうとう史世は声を上げて笑い出してしまう。

「酷いよ、あっちゃん！　僕は真剣に……っ！」

「わかった、わかったから。ごめん藺生、ね、怒らないで」

そして再び藺生の頭を抱き寄せると、柔らかな髪を梳いてやる。

納得しかねる顔で頬を膨らませたまま、しばらくされるままになっていた藺生だったが、しかし、ややあっておもむろに立ち上がると、何かを決意したような神妙な顔つきをして、部屋を出ていった。


「お前……邪魔したいのか応援したいのか、どっちだ？」

向かいのソファに戻って、新見に淹《い》れさせた新しいお茶を悠然と堪能《たんのう》する史世に、新見がウンザリと問う。

それに、ニヤリと口の端だけを上げて人の悪い笑みを見せ、しかし次の瞬間には史世の意識はティーカップの中の香しい液体に戻ってしまった。

そんな史世の様子に、新見は今一度胸の中で十字を切った。

# SCENE 3

玄関チャイムの音に、紘輝はベッドに寝そべっていた重い身体を上げ、階段を下りる。

まったくもってついてない一日だった。

朝、下駄箱を開ければ、毎年のことだが、チョコの包みが雪崩を起こす。

教室に入れば、机の周りはチョコだらけ。

廊下を歩くたびに呼び止められ、身体中から甘い匂いが漂ってきそうで、甘い物があまり得意ではない紘輝にとっては、ほとんど拷問に近い状態だ。

小学校に上がる以前から人気者だった紘輝にとっては毎年のことなのだが、しかし、あの甘ったるい匂いも味も苦手な紘輝にとっては、毎年毎年、まさしく地獄の一日なのだ。

したがって楽しい思い出なんぞ皆無。

でもってその楽しくない思い出の数々に、本日また一つ新たな思い出が付け加えられてしまったというわけだった。


——だいたいうちは男子校だろ！　なんでこんなに山になるんだ、——ったく。

半分くらいは、どこから忍びこんだのか、他高の女の子たちからのもののようだったが、残りの半分は校内にいる密かなファンからの贈り物のようだった。

昨年のクリスマス感謝祭で、蘭生との仲を無理やり暴露《ばくろ》したにもかかわらず、昨年と比べて減っている様子がないのは、いったいどうしたことだろう。

ただでさえウンザリしていたところへ、きわめつけが蘭生に目撃された、例の事件だった。

放課後に他高の女の子に呼び出され、邪険にするのも躊躇われて、仕方なく出向き、チョコだけは受け取ってもいいが気持ちには応えられないと断ったら、泣かれるどころかさらに強く迫られてしまった。

触れてくる生温かい感触に、吐き気がした。

恥じらいの欠片もないその行動には、呆れるばかりでそそられるものなど微塵もない。

ゲンナリと冷め切っていたところへ、一緒に帰る約束をしていた蘭生がタイミング良く迎えに来てしまったのだ。

蘭生のためには、もっと冷たくすべきだと思う一方で、二人の姉によって「女には優しく」と幼いころから躾られ、骨の髄まで教え込まれている紘輝には、それさえも良心が咎める。

「女には優しく」とはいっても、正確に言えば「女には等しく優しく」といった趣旨の教えで、悪く言えば、「一人の女にのめり込むな」という、一人息子を溺愛する母親さながらの、二人の姉の自慢の弟に対する独占欲剥き出しの教えではあったのだが……。

しかし、物心ついたときにはすでに母は亡く、幼いころから姉たちに育てられた紘輝にとっては、絶対的な教えだった。

見知らぬ女生徒に迫られる紘輝を目撃して衝撃を受けた蘭生が、生徒会室に逃げ込んだまでは予測のつく行動だったが、しかし、すでに自由登校期間に入っている三年の史世と新見がそこにいたのは計算外だった。

一番見られたくない人物に自分の失態を目撃される結果になってしまい、紘輝はタイミングの悪さにウンザリする。

仕方ない。悪いときには悪いことが重なるものなのだ。

「姉貴のやつ、鍵持って出なかったのかよ」

チャイムの主を帰宅した姉だと思い、しぶしぶ玄関ドアを開けた紘輝は、そこに佇む人物に、驚いて動きを止めた。

少し俯き加減に頬を染め、大きな瞳を不安げに揺らした蘭生の姿。

「あの……入っても、いい？」

蘭生に言われてはじめて、自分が身体を固まらせていたことに気づく。

「あ……あぁ」

慌てて蘭生を家のなかに招き入れ、玄関ドアを閉め、鍵をかける。

蘭生は制服のままだ。

あの後しばらく生徒会室にいて、そのまま紘輝宅に直接やってきたことが窺い知れる。

「上がれよ。飯は？」

玄関につっ立ったままの蘭生に、上がるように促す。

自室ではなく、ダイニングに上げようとする紘輝に、蘭生は慌てて前に回り、その歩みを止めた。

「どうした？」

鞄を胸に抱き、唇を噛み締めて俯いていた蘭生は、意を決したように顔を上げると、胸に抱えていた鞄を廊下に落とした。

「―――っ!?」

あまりの衝撃に、今度は紘輝が思考を止めてしまう。

震える指が紘輝の後頭部を抱き寄せ、背伸びして縋りついた蘭生の柔らかな粘膜が、紘輝の唇を塞いだのだ。

触れるだけだったそれが、やがて深く合わされ、いつになく積極的な蘭生の舌が、紘輝のそれを求めて口腔を蠢く。その拙い愛撫に刺激され、我に返った紘輝もそれに反応を返す。

蘭生が納得するまで熱い舌を絡め合って、やがて息の上がった蘭生が紘輝の胸に倒れ込むと、その華奢な背をぎゅっと抱き寄せながら、紘輝は感動に打ちひしがれた。

「どっちがいい?」

「……え?」

やっと耳に届く程度の声で小さく問われた言葉に、紘輝が聞き返す。

「僕とあの子と、どっちがいい?」

ホントはどっちが上手かったかと聞きたかったのだが、しかし、恥ずかしくて言葉を濁してしまう。

紘輝のセーターの胸元をぎゅっと握り締めながら、蘭生は不安に揺れる瞳で見詰めてくる。

うっすらと頬を染め、許容量ギリギリのところで自ら恋人の愛情を確認しようとする蘭生の必死の姿は、紘輝に迫ってきた女生徒など、比べようもないほどいじらしい。

可愛くて愛しくて、堪らない。

腕の中の熱い身体に焚きつけられて、紘輝は貪るように蘭生の唇に吸いついた。

「そんなの聞かなくたって、わかるだろ？」

熱い舌が、答えを直接伝えてくる。

「…んっ」

隙間に零れた甘い吐息に、湧き上がる情熱をどうすることもできず、紘輝はそのまま蘭生を押し倒してしまう。

コートを着たまま、しかも場所は玄関を入ってすぐの廊下だ。さすがに蘭生が抗議の声を上げた。いくらなんでも、ここで抱かれるのには抵抗がある。

「ベッド…連れてってよ」

小さな小さな声で告げられた恋人の要求に、紘輝はますます煽られ、勢いよく蘭生を抱き上げると、自室への階段を上った。

# SCENE 4

「ぁ…は…っ」

あっという間に荒くなった吐息が、白い喉を喘がせる。

項や鎖骨に舌を這わせながら、紘輝は蘭生の白い肌を弄った。

紘輝の下肢を跨いだ蘭生の細い腰が、淫らに揺れている。紘輝の頭を抱き寄せる細い腕が、しゃにむに広い背を掻き抱き、艶やかな黒髪に指を滑らせた。


ベッドに降ろされて、蘭生は自ら衣類を脱ぎ落とした。

羞恥に赤く染まる頬を隠すように顔を背け、震える指でボタンを外すその姿には、言い知れぬ色香がある。

恥じらいながらも大胆に、細い腕を紘輝の首に巻きつけ、これでもかという媚態で誘う。

恋人のこんな悩ましい姿を見せられて、正気を保てる男がいたらお目にかかりたいものだ。

蘭生によって獣と化した紘輝は、荒々しく細い身体を組み敷き、香《かぐわ》しい肌を貪った。

「ん…あぁ…っ」

余すところなく落とされる愛撫に肌が粟立ち、抑え切れない喘ぎが白い喉を震わせる。

ツンと立ち上がった淡い色の突起も甘い蜜を零す屹立も、そして紅く色づいて誘う蕾も、すべてが紘輝を煽りつづける。

喜びの蜜を零す屹立に長い指を絡めながら、ヒクつく蕾に唇を寄せる。紘輝の愛撫に柔らかく蕩けるその場所は、次にくる衝撃と気も遠のくほどの喜悦を予感して、淫猥《いんわい》に蠢いてみせる。

すべては紘輝によって拓かれ教えられたことだ。

「ひろ…き…」

焦らされる愛撫に、繭生が催促の声を上げる。

それに聞こえない振りをして、紘輝はじわじわと繭生を追い上げ、決定的な刺激を与えようとはしない。

「ぁ…ん…やぁ…っ」

過ぎた快楽は苦痛でしかない。欲しい熱が与えられず、繭生は頭を振って抗議した。

繭生の蜜の味を楽しんでいた紘輝が上体を上げ、深い口づけが与えられる。その隙に大きく拓かれた下肢を抱え上げられ、熟れた蕾に滾った肉棒が突きつけられた。

「あ…あぁ――――っっ！」

知らず腰を揺らして受け入れる体勢をとった繭生に誘われて、紘輝の灼熱が一気に繭生を貫く。

満足気な喘ぎとともに、広い背を抱き返し、白い太股が紘輝の腰に絡まる。

奥深くまで紘輝を誘い込むと、涙をたたえた睫が揺れ、濡れた瞳が開かれた。

「蘭生……?」

紘輝の呼びかけに、口づけで応える。腕を伸ばしたことによって、より深く紘輝自身を銜《くわ》え込む結果となり、蘭生は小さく喘いだ。

「ぁ…んっ」

その甘い声に誘われて、紘輝の灼熱が蘭生の内部を蠢く。はじめ緩やかに、やがて激しく繰り返される律動に、蘭生は堪えきれない喘ぎを零しながら、熱い肉襞で紘輝を締めつけた。

「あ…あ…あぁ――――――っ!」

細い背を撓らせ、シーツの上で身悶える蘭生の痴態に、紘輝も激しく追い立てられ、二人は共に絶頂を迎えた。

## SCENE 5

「これ……甘いもの好きじゃないってわかってるんだけど……」

情事のあと、紘輝の腕に抱かれてまどろんでいた蘭生が、ベッド脇に落とされた制服のポケットから取り出したのは、綺麗にラッピングされた小さな包みだった。

深いブルーのパッケージに、光る素材のピンクのリボン。

掌に乗る程度の大きさの箱は、蘭生が勇気を振り絞って買ってきたものだった。

すごくすごく、悩んだのだ。

煌びやかな特設売り場を横目で見ながら、綺麗なショーケースにたむろする女の子たちやOL、主婦の群れに戦慄きながら、意を決して買ってきたものなのだ。

本当は蘭生だって男なのだから、本来はチョコを貰う立場にあるわけで、自分から女の子のようにチョコを贈ることには多少の抵抗感もあった。

紘輝が甘いものが大好きなのであれば、贈る言い訳にもなるのだが、いかんせん紘輝は甘いものが得意ではない。

チョコを買う言い訳も見つからず、どうしようかと散々悩んで、それでもやっぱり贈ろうと決めたのだ。

包みが小さくても、デパートの特設売り場で売っている、よくあるチョコだとしても、その小さな包みには、蘭生の溢れんばかりの想いが詰まっているのだ。


掌にちょこんと乗せられた包みに、紘輝は驚いて、再び言葉をなくす。

よもや、蘭生からヴァレンタインのチョコを貰えるとは、思ってもみなかった。

そりゃ、多少の期待をしないこともなかったが、しかし、「女性から男性への愛の告白」という意味合いの強いヴァレンタインというイベントに、蘭生が参加してくれるとは思っていなかったのだ。

思いがけない贈り物に感動して、思わず蘭生を抱き寄せる。

素肌の広い胸に蘭生を抱きこみ、すっぽりと腕のなかに収めると、紘輝は蘭生の顔中に口づけを降らせながら、小さな包みを解いた。

なかには品のよいトリュフチョコが五つ、六角形の箱に可愛く並んでいた。

これを選ぶのに、蘭生がどれほど悩み、店の前を行ったり来たりして、そして恥ずかしげに頬を染めながら、店員にラッピングをしてもらったのかと考えたら、精悍なハンサム顔も緩もうというものだ。

真ん中のひとつを手に取ると、やおら口のなかに放り込む。

「ひ、紘輝？　無理しなくても……わっ！」

甘いものの苦手な紘輝を気遣って声をかけた蘭生を、紘輝の腕が抱き寄せ、身体の下に敷きこんだ。細い腕をシーツに縫い止められ、口づけられる。

すると、甘い匂いが蘭生の鼻腔を擽った。

唾液に混じって注がれるのは、紘輝の口内で溶けたチョコ。

舌を絡ませながら、互いの舌先でトリュフを転がし合い、その甘さを味わう。チョコが溶けてなくなっても、まだ口のなかに甘さが残って、二人は飽きることなく口づけを貪り合った。

「美味しい？」

やっと解放されて、蘭生が尋ねる。

散々紘輝に貪られて濡れた蘭生の唇は、どちらのものとも知れぬ唾液に濡れ、チョコの味を残している。

それをペロリと舐めながら、紘輝は笑って答えた。

「美味いよ。チョコがこんなに美味いと感じたのははじめてだ」

そして、枕もとに置いたチョコの箱から二つ目を取り、今度は蘭生の口に入れてやる。

その甘い丸い物体を舌で転がし、口内で溶かしながら、蘭生はそれだけで自分が煽られているのを感じた。

そんな蘭生を間近に見下ろしながら、紘輝は蘭生からのリアクションを待っている。

はじめに蘭生から誘ったように、また誘ってみろということなのだろう。

どうしようかと悩んでいるうちに、口のなかのチョコが溶けて半分くらいになってしまい、蘭生は意を決して、紘輝の首を引き寄せる。

逞しい首に細い腕を回し、蘭生は自らも上体を上げて紘輝に口づけた。

「…んっ」

すでに蘭生の口のなかでトロトロに溶けてしまっていたトリュフは、二人の舌先にころがされて、あっという間に消えてなくなってしまう。

それが名残惜しくて、蘭生は口内を貪る紘輝の舌をきつく吸ってしまった。

熱に浮かされ、せがむような仕草を見せる恋人の痴態に、紘輝は小さく笑って、三つ目のトリュフに手を出す。

再び訪れた、甘い口づけ。

口づけが甘いのは、きっとチョコのせいだけではないはずで……二人はその甘さに酔い痴れる。

そうして蘭生が贈った小さなチョコは、あっという間に溶けてなくなってしまった。

チョコが全部溶けてしまった後も、交わす口づけには甘い匂いが混じって、二人は飽きることなく互いの唇を味わった。

# SCENE 6

「あ……あぁ…んっ」

チョコを溶かし合う口づけによって、淫らに煽られた二人は、明日も早いことなどすっかり忘れ去り、欲望のままに睦び合う。

チョコによって上がった血糖値のせいもあるのか、いつも以上に猛々《たけだけ》しい紘輝自身は、納まる場所を求めて天を突いている。

可愛く尖った胸の突起を転がしながら、先端から蜜を零しつづける蘭生の屹立に指を絡め、やわらかく扱いてやる。慈しむような刺激に、しかし今の蘭生は満足できず、細い腰を揺らしながら切ない喘ぎを零した。

それに応えるように、蘭生の白い下肢を淫らに拓かせ、その狭間に唇を寄せる。

先ほど紘輝が中に放ったもので濡れそぼる蕾は、真っ赤に咲き綻び、淫らで妖艶な大輪の花を咲かせていた。芳しい蜜の芳香には、男を誘ってやまないフェロモンが大量に含まれているかのようだ。

その蜜を味わおうと、紘輝は蕩けたその場所に舌を這わす。

「はぁ…っ…あぁ…っ」

綻びた襞が伸縮して、真っ赤に熟れた内部が垣間《かいま》見える。そのあまりに扇情的な光景に、紘輝はゴクリと喉を鳴らした。

悦楽に揺れる細い腰を掴み、薄い身体を裏返す。

「やっ…やだ…っ」

獣のような体位に、蘭生が身を捩って逃れようとするのを許さず、高く掲げるよう腰を上げさせ、淫らに下肢を拓かせる。

すると、双丘の狭間が紘輝の目の前に露わになって、綻《ほころ》んだ蕾から紘輝が注ぎ込んだ大量の蜜が、白い太股を伝って滴り落ちた。

まろやかな双丘を撫で、ぐぃっと左右に押し広げると、零れる蜜が惜しいのか、きゅっと襞が伸縮する。

そこに尖らせた舌を挿し込み、敏感な入り口のあたりを執拗に舐めまわす。

「や…あぁ…っ」

あまりの羞恥に、縋るものを欲した蘭生が、大きな枕を抱きかかえ、顔を埋める。しかし、舌のかわりに長くしなやかな指に蕾を抉られ、それどころではなく、すぐに背を戦慄かせた。

「あぁ…っ！　あ…ぁっ！」

感極まったひときわ高い嬌声が零れ、蘭生の屹立から零れた白濁とした蜜が、シーツに濃い染みを作った。

ぐったりと肩で息をしながらも、蘭生の蕾は紘輝の指を咥え込んだまま、絡みついて離れない。三本の指に一番感じる場所を穿たれ、蘭生の欲望が再び頭を擡げる。

「や……ぁ……だめ……っ」

強すぎる悦楽に、蘭生が泣いても、今夜の紘輝は許してはくれない。

「誘ったのは蘭生だ」とでも言いたげな目で、乱れる蘭生を愛しげに見詰め、しかし、施す愛撫に容赦はない。

充分すぎるほど蕩けた蕾から紘輝の指が引き抜かれ、口寂しさに蘭生が喘いでも、すぐには欲しいものは与えられない。

欲しくて欲しくて堪らないのに……。

熱くて、巨きくて、硬いものにめちゃくちゃに犯されたくてたまらないのに、紘輝は蘭生の望むものをなかなか与えてはくれないのだ。

「やぁ……っ」

焦れて焦れて、蘭生が音をあげる。

「なんだ？　どうして欲しい？」

バックの体勢をとらされたまま、欲しいものを与えてもらえず泣く蘭生を、後ろから抱き寄せ、耳元や敏感な背中に口づける。

「ひぃ…っ！　あ…あぁっ！」

背筋を舌が辿って、それだけで蘭生は再び白濁をシーツに吐き出してしまった。

「どうして欲しい？」

「やだ……や…っ」

弱々しく頭を振る蘭生を、紘輝は執拗に追い詰め、逃げられなくしてしまう。

「言ってくれなきゃわからないだろ？」

耳朶を食みながら意地悪く囁き、涙を零す目尻にも口づける。

「や……いじわる…も…っ」

先ほどから熟しきった蕾を掠めるように触れる紘輝の昂ぶりは、しとどに濡れ、火傷しそうなほどに熱く滾っている。自分だって今にも爆発しそうに昂ぶっているのに、それでも蘭生を焦らし強請《ねだ》る言葉を言わせようとする紘輝に、蘭生はとうとう観念した。

「ほ…しぃ……」

「なに？　なんて言った？」

意地悪く聞き返した紘輝を、涙でぐしゃぐしゃになった顔が睨んでくる。

「ほし……きて…っ」

「これが欲しいのか？」

熟れた入り口に紘輝の昂ぶりが触れる感触に、蘭生は喉を鳴らして満足げに喘ぐ。

「まだ挿れてないぞ」

クスリと耳元に笑いが落ちてきて、蘭生は羞恥に全身を染め上げた。

「やぁ…っ！」

これほど乱れているにもかかわらず、蘭生の自我は恥じらいを忘れてはいない。その健気さにも煽られて、紘輝はとうとう真っ赤に熟れた蘭生の中に、やはりギリギリまで追い込まれていた自身の灼熱を埋めていった。

「あぁぁぁぁ——————っ‼」

挿入の刺激だけで、蘭生は絶頂を極め、放ってしまう。

その瞬間の締めつけに、紘輝ももっていかれそうになって、ぐっと下腹部に力を込めた。

ガクリと崩れ落ちた身体を抱き上げ、胸に背を合わせるように後ろから抱く。繋がったまま体位を変えられて、蘭生はヒクリと喉を喘がせる。

紘輝の怒張を埋め込まれたまま、小さな子供のように紘輝の膝の上に乗せられて、蘭生は根元まで紘輝自身を呑み込んでしまった。

「ひぃ…っ！」

一番深い場所にまで紘輝の昂ぶりが届いて、そこを抉られる感触に白い喉が仰け反る。

膝裏を支えて両足を開かせ、腰を揺すってやると、身も世もなく髪を振り乱し、切羽詰まった喘ぎを惜しみなく迸らせながら、藺生は再び極め、そして今度こそ、紘輝もまた藺生の中に、情欲の限りを吐き出した。

内部が伸縮して、弾けた紘輝の愛液の、最後の雫までも絞り取ろうとするかのように、きつくきつく締めつけてくる。

その、気の遠のくほどの喜悦に、紘輝はますます自分がこの愛しい存在に溺れてゆくのを、感じずにはいられなかった。

## SCENE 7

三月十四日はホワイトデー。

紘輝はチョコのお返しを何にしようかと、腕に抱いた蘭生の寝顔を眺めながら考える。

あまりに激し過ぎた行為に、蘭生は最後には意識を飛ばしてしまい、そのまま紘輝の腕枕で、眠りについた。

身体を清めてやりたかったが、心地よい寝息を立てる蘭生を起こすのも忍びなくて、明日の（…すでに今日なのだが…）朝でもいいかと思い直し、結局そのままだ。

蘭生の華奢な身体を抱き寄せ、柔らかな髪に指を絡ませながら、紘輝はそういえばと思い出した。


自分がチョコを山のように貰ってきたのは蘭生も見て知っているが、蘭生のほうはどうなのだろうか？

入学以来ずっと陰のアイドルだったのだ。

蘭生が紘輝のものになったと聞かされても、諦め悪く思いつづけている輩《やから》がいないとも限らない。

それだけではない、逆に、知らないうちに勝手に作られていた自分のファンクラブ会員を名乗る奴らから、陰湿ないじめや嫌がらせを受けたりはしていないのだろうか？

自分自身は、表立って大きな行動に出られたことはなかったが、あからさまな敵意剥き出しの視線を浴びることはしょっちゅうだ。

とはいっても、腕っ節で紘輝に敵わないことを自覚していて、ただ睨んでくるだけなので、とくに実害はないのだが……。

それと同じような目に、藺生が遭っていないとは限らない。

とかく、ヒトの感情というものに鈍い藺生のことだから、そういった視線などには気づかないで済むかもしれないが、そのかわり力ずくで何かしらの行為に及ぼうとする輩がいた場合が問題だ。

「守ってやる」

確かに誓った言葉。

心も身体も、藺生のすべてを、自分は守ってやらなくてはならない。

ちょっとした油断から、今日のような事態に陥って、藺生を悲しませている場合ではないのだ。

今日はたまたま、藺生のほうから折れてくれたからいいようなものの、しかし、藺生に悲しい、顔はさせられない。

中学時代はそうとう遊んでいたこともある。特定の相手がいなかったかわりに、来る者拒まず去る者追わず状態で、関係を持った女の数は、両手両足では足りないほどだ。姉たちのせいなのか、それとも記憶にもない母親への思慕の情がそうさせるのか、女にホンキになれないでいた自分が、同じ男にこれほど嵌《はま》ってしまうとは、思いもしなかった。

しかも、いまどきの女子高生などよりも数倍初でまっさらな蘭生に……。自慢にもならない汚れきった過去は清算できないが、そのかわり、これからは蘭生だけを愛していくと、胸を張って言うことができる。

クリスマスやヴァレンタインだけではない。

年間に数あるイベントを、これから二人で楽しく過ごしてゆけるのだと思ったら、あまり興味のない年中行事も、少しだけ楽しく意味のあるもののように思われた。


とりあえずは一カ月後のホワイトデー。

今回貰ったチョコのお返しをしなくてはならない。

蘭生からの可愛いキスも、大胆な誘惑も、貰った分はキッチリ返さなくてはいけないな、などとほくそえんで、紘輝は身じろいだ蘭生の肩を抱き直した。

明日は早めに起きて、姉たちが起きてくる前に蘭生を風呂に入れてやらなくてはならないし、蘭生好みの朝食も用意してやらなくてはならない。

それ以前に、この状態の蘭生が起き上がれるのかどうかのほうが問題だったが、とりあえずは朝になってから考えることにした。

心通うセックスがこんなに気持ちいいものだなんて、紘輝は蘭生を抱くまで知らなかった。

愛しい温もりを腕に抱きながら眠るのがこんなに幸せなことだなんて、蘭生に出会うまで知らなかった。

「…ん…」

小さな寝息に微笑み、紘輝は今一度白い瞼といまだ赤く腫れて艶めく唇に口づけを落とすと、自分も瞼を閉じる。

——キャンディなら、チョコよりも長くもつだろうか……。

たった五回の甘い口づけを思い出しながら、深い眠りへと落ちてゆく。

ホワイトデーの夜もきっと、二人は熱い夜を過ごすことになるであろうことだけは、想像に難くない。

キャンディ以外のものをどうやって「お返し」するのかは、それは当日になってのお楽しみ。

## SCENE 8

「あら、やだ」

深夜近く。残業を終えて帰宅した茅浪《ちなみ》は、玄関を入ったところに無造作に置き去りにされた鞄に目を留めた。

見慣れたそれが、弟の恋人のものであることは認識済みだ。

「こんなところに置き去りにして……」

つまりは、こんな場所で盛り上がってしまったらしき弟カップルの熱烈ぶりに呆れて、長姉は苦笑する。

そして、ついでニヤリと悪女の微笑みを見せ、その鞄をこっそりと二階の紘輝の自室のドアの前に置いておく。

明日の朝、これを見つけた藺生がどんな反応をするか…想像するだけでも、楽しい。

「真っ赤になってお部屋から出てこないかしら」

どこでナニをしていたか、姉にバレバレ状態で、初な藺生がまともにダイニングに下りてこられるわけがない。

クスクスと楽し気な笑いを噛み締めながら、今朝がた紘輝に言い聞かせておいた戦利品の状況を確認すべく、姉はダイニングの明りを点した。

すると、匂ってくる、甘い甘い香り。

ダイニングを見渡すと、その隅に、今朝、出がけに紘輝に渡したビニール袋が二つ置かれていた。

「あらら、今年はまた盛況だこと」

毎年毎年、この日には山のようなチョコを貰って帰ってくる弟に、姉はお持ち帰り用の袋を持たせているのだ。

紘輝は甘いものを食べない。

よって、紘輝が貰ってくるプレゼントの菓子類はすべて、二人の姉の胃袋に納まることに、安曇野家では決まっている。

そうして、紘輝が小学校にあがる以前から、二人の姉はおやつに事欠いたことがなかった。

紘輝とは対照的に、二人は甘いものに目がなかったのだ。


「ただいま〜」

そこへタイミングよく茅紘《ちひろ》が帰ってきた。

「藺生くん、来てるの？」

玄関にあった靴を見たのだろう。

茅紘はなぜだか楽し気に尋ねてくる。

「らしいわね。ちょっと茅紘！　デバガメしちゃ駄目よ！」

何気なく二階の紘輝の部屋の方角に視線を泳がせた妹に、姉が待ったをかける。

「わかってるわよ、もう～」

いつか弟の部屋に隠しカメラを仕掛けてやろうと、悪魔のような茅紘が目論んでいることは長姉にはばれていて、そのたびいつも止められるのだ。

「だって、あんな可愛い藺生くんがどんなふうに乱れるのか、茅浪ちゃんだってキョーミあるでしょー？」

とんでもないことを言って、姉を困らせる。

さすがにそれはプライバシーの侵害というものだろう。

どうやら警視庁に勤める長姉のほうが、多少は一般常識を身につけているようだ。

「いいかげんにしなさいって！」

妹を軽く睨みつけ、あらぬ方向に視線を彷徨わせた妹に嘆息する。

仕方なく苦笑して、本日の戦利品の分別にとりかかった。

「わーすごい！　蘭生くんとくっついちゃったから今年は駄目かと思ってたのに、増えてるんじゃない？　これ」

「でしょ。ふふ……持つべきものは顔のいい弟よね～！」


よもやこんな会話が交わされているとはつゆ知らず、当の二人は、明日も学校があるというのに、激しい愛の行為に没頭中。

散々泣かされた蘭生は、先のとおりほとんど気絶するように眠りに落ちて、不本意ながらも結局、安曇野家で朝を迎えることになってしまった。

# エピローグ

「……どうしたんだ?」

「大丈夫ですかっ!? 二人とも!」

翌朝なんとか起き上がって、朝風呂にもつかり、多少疲れた顔は否めないものの、清々しい気分でリビングに降りて行った二人は、自分たちとは正反対に、ボロゾウキン状態になってしまっている姉たちの姿に絶句した。


昨日の朝、「チョコ楽しみにしてるわ!」と言い残して出かけて行った姉たちからは想像もつかない有り様だ。

頬はこけ、やつれ、顔は土気色になり、髪はボサボサ、肌はカサカサ、寝不足で目の下に酷いクマまでつくり、リビングのソファにぐったりと沈み込んでいる。

しかも二人揃って。

昨夜、紘輝が貰ってきた山のようなチョコを二人で分け、いそいそと高そうなものから順に口に運んだ……まではよかった。

しかし、一箱二箱……と平らげるうち、二人は身体の異変に気がついた。

——が、遅かった。

その後はもう、悪夢だった。

下痢に腹痛、吐き気に胃痛、さらに胸やけ…etc…etc…。

ありとあらゆる症状が、二人を襲ったのだ。


減るだろうと思っていたチョコが増えていたわけを、姉たちは身をもって知ることになった。

下剤のほかにいったい何が入っていたのか、考えたくもないが、紘輝に贈られたチョコの多く……多分他高の女の子たちから贈られたものではなく、学園内から贈られたものの大半が、〝バクダン〟を抱えていたということだ。

おそらく、贈り主の多くは藺生のシンパ。

実は陰のアイドルである藺生のファンだった奴らが、紘輝にかっ攫われた腹いせにやったことだろう。

しかし、紘輝が甘いものが苦手だということまで調べなかったのは誤算だった。

チョコではなく、酒か何かほかのものだったら、紘輝も口にしたかもしれなかったが、それがチョコであるかぎり、ただひとりから贈られたものを除いて、紘輝が口にすることはありえないからだ。


「食い意地はってるからこういう目に遭うんだぜ」

呆れた声で姉たちを見下ろしながら、紘輝はタクシーを呼ぶ。

これはもう常備薬でなんとかなるような状態ではないだろう。

それに、二、三日入院でもしていてくれれば、家のなかも静かになるというものだ。

「ちょ、ちょっと紘輝！　うちは駄目よ！　うちの病院だけは行かないで！」

医学部に通う茅紘が、必死に訴える。

「警察病院も駄目よっ！　絶対に駄目っ!!」

警視庁に勤務する、茅浪も訴える。

確かに、一般的には美人で通っている姉たちのことだ、こんな姿、弟以外の誰に見せられるものでもないだろう。

盛大に溜息を吐いて、紘輝は電話帳から、隣の市の病院の電話番号を探してダイヤルし、電話口に出た看護婦に診察時間の確認を取った。

「だ、大丈夫かな……」

二人の背をさすりながら、藺生が不安気な顔で訴える。

それに肩を竦めてみせ、紘輝は姉たちの部屋へコートと財布を取りに、リビングを出て行った。


教訓。

女の嫉妬は恐ろしい。

しかし、男の嫉妬は、も――っと恐ろしい。


とりあえず、貰ったチョコは全部棄てたほうが無難だな……と藺生は茅浪の背をさすりながら考えていた。

過激なシンパは、なにも藺生ファンに限ったことではないに違いないのだから……。

# あとがき

こんにちは。妃川螢です。ここまで読んでいただいて、ありがとうございます。

先月に続いて、二冊目の単行本を出していただけました。とはいっても、このあとがきを書いている時点で一冊目も刷り上がっていないので、いまだに実感が湧かないのですが……。ホントに本屋さんに並んでます？　大丈夫でしょうか？？


ところで、学生生活を終えて、もう随分と長い年月の経ってしまっている妃川は、学園ものを書くことにかなり無理があることに気づいてしまい、実はショックです（苦笑）。

まず問題なのが、年間のスケジュールが、大学とごっちゃになってしまっていることです。高校の冬休みって、そんなに長くないですよねぇ……。一応ちゃんとカレンダーを追いながらプロットを考えていたのですが、なんか…かなり無理やりな気が……（汗）。

でもって、私が通っていたのは、とにかく大学進学のことばかりを考えているような進学校だったため、楽しい年中行事の記憶がほとんどないのです。覚えているのは、常にテストに追われていたことだけ……（汗）。ホント楽しい高校生活だったわ……（涙）。

唯一覚えてるとすれば、文化祭…かなぁ……？　舞台とか、やったし。生徒会役員も、実はやっていたので、文化祭のパンフレット作りとか、かなり燃えた記憶がありますね。いまだに付き合いがあるのは、クラスメイトじゃなくて、一緒に生徒会役員をやってた子たちだし。

なので、よく漫画とか小説とかに出て来る、私立の楽しい学園生活は私の憧れです。あんな学校だったら、行くの楽しかっただろうな～って、今でも思います。

あと、学校のシステムって、学校とか地域によってかなり違いますよね？　このお話の中では、生徒会役員の任期は一年にしてますが、私が通っていた学校では半年だったし、学期も、中学は一～三学期制でしたけど、高校は前期後期制だったし。みなさんの学校はどうでした？　楽しい思い出とかって、あります？


今回（終わり方はともかく／笑）、藺生は終始悩みっぱなしでした。自分を好きになれないとか、自分に自信がもてないとかって気持ち、思春期なら誰でもきっと覚えのある感情だと思うんです。十代…とくに高校時代とか、いろいろ悩むことがいっぱいあって、そのぶん流す涙も多かったような気がするし、大人になってから思い起こせば、ものすごくくだらないことだったりするんでしょうけど、でも、そのときの自分には、重大な事態だったんですよね、きっと。

もちろん私にも覚えがあります。というか、キャラの感情とか心理描写とかって、自分にも覚えのあるものでないと、書ききれないんですよ。「私だったら、絶対こんなふうに考えないけどな〜」ってセリフとかって、よっぽど頑張って絞り出さないと出てきません。本当は、どんなキャラでも書ききれないといけないんでしょうけど……まだまだ未熟なようです。と、ちょっと真面目なことを書いてしまいましたが（笑）、今回あとがきが四ページもいただけるということで、こんなお話もいいかな…って。

さて、年末にHPの引越しをしたものの、寝込んでしまって更新が滞ってしまったり、スパムメール（悪戯メール）に悩まされたりして、なかなか思うように運営できず、ちょっと凹み中です。みなさんのお声だけが元気の素ですので、訪れてくださった折には、是非是非足跡を残していっていただけると嬉しいです。（櫻禍宮殿→http://www.ne.jp/asahi/himekawa/hotaru/）

インターネット環境のない方も、もしよろしければ編集部経由で感想とか聞かせていただけたら、きっと泣いて喜びます。

同人活動もしてなくて、この業界に知ってる人も友人もいないので、作品の感想を聞かせてくださる存在というのは、妃川にとっては、ホントに読者のみなさまだけなのです。ですので、何卒よろしくお願いいたします。

そして、今回もステキなイラストを描いてくださった実相寺先生、本当にありがとうございました。もう目移りして迷って迷って、「(悩み過ぎて)はげる〜〜！」と担当サマに泣きついてしまったほど、ステキなラフをいっぱい描いてくださって、感謝の言葉もございません。

泣く泣くボツったなかにも、ステキなイラストは数多く…（勿体ないオバケが出そう…）。全部の完成品が見たい…などと、無茶なことまで考えてしまう私……（おいおい）。

私のツボに嵌まりまくった、紘輝の脂下がった顔とか、思わず「百合？」と呟いてしまった藺生と史世のツーショットとか…ｅｔｃ…。そしてなんと言っても、やっと顔の出てきた新見くん！この彼は担当サマに捧げます（って、実相寺先生にお伺いもせず……）。

その担当サマには、妃川はもう、足向けて寝られません。本当にお世話になりました（ペコリ）。前作もそうでしたが、今作も、著者校正に入った赤字を見て、果てしなく落ち込みました（汗）。なんでこう、私ってばお馬鹿なんでしょう……大反省です。これからも見捨てず、ご指南・ご教授いただければ幸いです。

はてさて、次にみなさまにお会いできるのはいつになるでしょう。早ければ嬉しいな…なんて思いながら、溜まりまくってる原稿に取り掛かりたいと思います。

それでは、また。

二〇〇一年一月末日　妃川　螢

物語は秋～冬。寒い季節を2人の愛（てへ♡）で乗り越えて行きましたが、春とか夏の彼らはどんなかしら？と思って描いてみちゃいました ミ
名付けて「紘輝ん家で稽古している蘭生、袴バージョン 桜の木あえ」「色どりに紘輝を添えてみました」（フランス料理風に…。） ただ単に、こーゆーのが好きなだけなんですが、蘭生だったら すごく似合いそうだったのでつい…。 お仕事させて頂いた上に、フリートークに2Pも頂いて…。 妃川先生、リーフ様（担当K様♥）本当に有難うございました!!!

紘輝、桜が満開だよ。
綺麗だね…。
サラサラ

ザァァァー
← この場で押し倒したい、と思っている
→ 花見に行きたいな、と思っている

この2人姉妹のよう…

強くて美しいキャラ(男女問わず)が、一杯出て来て、とっても大好きなお話に絵を付けさせて頂けて、本当に幸せでした♪今回、特に大好きなキャラをお借りして、ちょっとパロってみました!!『もしも蘭生と一緒にからまれたら』の巻〜!
(妃川先生、すみません。)

ねぇねぇ、お嬢さん達お暇ぁ?ちょーっとお金と身体かしてくんないかなぁ?

①史世の場合

…人が(久しぶりに蘭生と二人っきりで)買い物楽しんでるところに水差しやがって、この雑魚が…!

誰かお嬢さんだってぇ〜。

ご機嫌パラメーター

あ…あっちゃん？顔、見えていない

ひ？

②姉さんSの場合

ボウヤたち、いつもコンな事してるの?悪い子にはお仕置きしなきゃね。

あの…

冗談

あ、姉さん!標本にしたいから傷の少ない死体にしてね♥

チャ

△○×!!

蘭生、一人歩きしない限り君の安全は保障されてるぞ!!

# リーフノベルズ近刊案内

あの、蒼山くん&キチク課長が帰ってきたっ！

## こんな上司に騙されて♡ 2

日向唯稀　イラスト／こうじま奈月

俊也の周りに大きな商談の気配…。だけど、紫藤課長は出張だし、大学の先輩は出てくるし、後輩の翠川のアタックは激しいし…。CDにもなっちゃった、あのお話の続編登場！　今回も絶〜対に期待を裏切りませんっ!!

「真也の身体もやっと大人になったんだね」

## 過保護なお兄さま

水島　忍　イラスト／高嶋上総

真也の自慢の兄・一志は、ものすごい過保護。真也が、電車で学校に行くのを心配し、部活に出るのを心配し…。そんな心配性の麗しいお兄さまが、夢の中で真也にあーんなコトや、こーんなコトを？　水島流・兄弟愛のススメ♥

金さえあれば、おまえのキスも買えるんだろ？

## シュガー・ベイビー

和泉　桂　イラスト／桜川園子

洋菓子が大好きな久遠寺家の末っ子、雫は、ずっと自分だけのパティシエを捜していた。ところが、ようやく巡り会った彼はとってもイジワルで……!?　我が儘王子とつれないパティシエのちょっと背伸びした恋物語♥

**4月15日発売予定**　予価850円＋税

リーフノベルズをお買い上げいただき
ありがとうございました。
この本を読んでのご意見、ご感想をお待ちしております。

---

〒146-0082　東京都大田区池上1-28-10
リーフ出版編集部「妃川　螢先生係」
「実相寺紫子先生係」

# 甘い束縛

2001年3月15日　初版発行

---

著　者——妃川　螢
発行人——宮澤新一
発行所——株式会社リーフ出版
〒146-0082　東京都大田区池上1-28-10
TEL. 03-5700-2160
FAX. 03-5700-0282
発　売——株式会社星雲社
〒112-0012　東京都文京区大塚3-21-10
TEL. 03-3947-1021
FAX. 03-3947-1617
印　刷——東京書籍印刷株式会社

---


ISBN4-434-00684-3　C0293